Guten Morgen, Liebling

Astrid Korten

AF201229

Guten Morgen, Liebling

HUMORVOLLE KURZTEXTE

ASTRID KORTEN

IMPRESSUM

Bibliografische Information der Deutschen Nationalbibliothek:
Die Deutsche Nationalbibliothek verzeichnet diese Publikation in der Deutschen Nationalbibliografie; detaillierte bibliografische Daten sind im Internet über http://dnb.dnb.de abrufbar.

© 2020 Astrid Korten
Lektorat: Christine Hochberger
Korrektorat: Christine Hochberger, Buchreif
Herstellung und Verlag: BoD – Books on Demand, Norderstedt
ISBN: 978-3-751906579

Die Ausbreitung des Coronavirus beherrscht seit Wochen weltweit unser Leben. In solch schweren Zeiten möchte ich Sie, liebe Leser, ein wenig mit meinen Geschichten aufmuntern. Vielleicht zaubert mein Büchlein ein Lächeln in Ihr Gesicht.

In *Guten Morgen, Liebling* schmunzeln wir über Männer, von denen wir träumen, bekommen Fanpost am Tag der Liebe! Grübeln über eine Affäre à trois. Wir begleiten eine Diebin der Liebe durch Paris und fragen uns, was zum Teufel Mommy Refresh ist?

Bei dieser Lektüre dürfen Sie in schweren Zeiten lächeln.

Guten Morgen, Liebling ein Sammelband, in dem die Liebe in schweren Zeiten mit Kurztexten zu Wort kommt.

Viel Vergnügen. Bleiben Sie bitte gesund!

LIEBE SUCHT DIEBE

Louna

Es war eine Schnapsidee so kurz vor der Schließung ins Pariser Musée d'Orsay zu gehen, aber Louna musste die Kostbarkeit spätestens am Ende eines arbeitsreichen Tages noch einmal sehen. Allerdings befürchtete sie, dass Pierre und Jeanne Delalande nie gehen würden.

Kunden – vor allem neue – neigten dazu, keine Ruhe zu geben, den Abschied von ihren Schmuckstücken hinauszuzögern und in einer Endlosschleife immer wieder dieselben Hinweise zu wiederholen, bis sie irgendwann endlich die Eingangstür des Ateliers hinter sich schlossen.

Louna konnte sie aber gut verstehen. Wenn sie gingen, ließen sie schließlich ihre wertvollen Stücke aus den verschiedensten Gründen in den Händen der prominentesten Schmuckdesignerin von Paris zurück: in ihre. Louna gab immer ihr Bestes, damit ihre Kunden entspannt das Atelier verließen.

Während Jeanne und Pierre sich in den kommenden drei Wochen in der Provence aufhielten, würde sie das Diamantcollier aufarbeiten.

In der Regel überprüfte Louna sofort die Lupenreinheit der Diamanten. Nur heute nicht, denn sie war in Eile. Sie wollte ins Musée d'Orsay am Quai Anatole France, das seit Wochen mit seiner antiken Schmuckausstellung Schlagzeilen machte. Neben den wertvollen Artefakten wurden dort auch die Kronjuwelen von Napoleon gezeigt. Ihnen galt jedoch nicht ihr Interesse. Das galt der Gonzaga-Kamee.

Louna war nicht nur eine erfolgreiche Schmuckdesignerin, sondern auch eine ebenso leidenschaftliche Diebin. Die Nacht war dabei ihr Freund. Manchmal ging sie auf Beutezug, oder bereitete einen Coup vor und plante das Objekt ihrer Begierde zu stehlen. Das taten Diebe in der Regel. Dieses Mal war es ihre unbändige Sehnsucht nach der makellosen Gonzaga-Kamee, die sie seit der Eröffnung der Ausstellung ins Museum trieb. Die Sehnsucht einer Diebin, die schlichtweg eine antike Kamee ihr Eigen nennen wollte.

Sie war eine erfolgreiche Diebin. Vielleicht war das mal anders – vor vielen Jahren als sie noch ein Teenager war, aber mittlerweile war sie selbst daran gewohnt, bei ihren nächtlichen Streifzügen entlang der Seine von den vielen kleinen Lämpchen der Pariser Wahrzeichen oder den Laternen angestrahlt zu werden und dabei wachsam zu bleiben. Als pubertierender Teenager hatte sie es jedoch oft vermasselt. In belebten Läden oder am Strand von Étretat glitten ihr die heimlich geschnappten Dinge von den Touristen gern aus den Fingern. Sie fühlten sich an wie Fremdkörper, die nicht in ihre kleine Hand passen wollten. Dann rannte sie zum Strand, weil die Gegenstände leicht zitterten, sich selbstständig machten. Und sobald sie das spürte, fielen sie auch schon zu Boden oder in den Sand. Sie sah dann traurig auf und erblickte in der Ferne ihren Leuchtturm. Nur eine Silhouette, im Atlantiknebel schwebend, wie ein Tagtraum.

Aber heute passierten ihr solche Fehler nicht mehr. Und natürlich sah sie auch den Leuchtturm nicht mehr, denn sie lebte in Paris und nicht in ihrem Geburtsort

Étretat, hoch über der Alabasterküste der Normandie, mit den steilen Klippen und außergewöhnlichen Felsformationen, die den malerischen Ort auf beiden Seiten umrahmten.

Nachdem die Delalandes endlich ihr Atelier verlassen hatten, legte sie das Schmuckstück in den Safe und ging in ihr Büro. Auf dem Schreibtisch lag ein Zeitungsartikel, in dem von neuen Sicherheitsvorkehrungen im Musée d'Orsay die Rede war.

Die Vorstellung, sich wieder der Sinnlichkeit eines diebischen Abenteuers hinzugeben, war ein verlockender Gedanke. Warum nicht? Sie brauchte mal wieder eine neue Erfahrung und ein wenig Abwechslung. Aber die Gonzaga-Kamee zu stehlen, stellte – nach dem heutigen Zeitungsartikel zu urteilen – ein hohes Risiko dar. Die Alarmanlage aufzurüsten war eine kluge Entscheidung des Kuratoriums, dem sie sich beugen musste. Schließlich kannte sie die Grenzen ihres Könnens, aber es gab immer Möglichkeiten Sicherheitsvorkehrungen zu umgehen. Ihre Überlegung war deshalb ein perfekter Abschluss für den heutigen Tag. Sie musste das Schmuckstück nur gegen eine von ihr angefertigte Kopie austauschen. Das konnte nicht so schwer sein. Vielleicht fängt die Liebe dann auch mich eines Tages ein, dachte sie und verließ das Haus.

Sie würde heute Abend einen Spaziergang machen und zu Fuß ins Musée d'Orsay gehen. Ihr Atelier und Appartement lagen nicht sonderlich weit entfernt von dem Museum, sozusagen ein Katzensprung, und die abendlichen Spaziergänge und die frische Luft halfen ihr stets, einen klaren Gedanken zu fassen, den Tag hinter sich zu lassen und in ihrem Bett den Schlaf zu finden.

Paris am Abend oder bei Nacht: ein Traum vieler Touristen. Einmal den Eiffelturm vor nachtblauem Himmel bewundern, mit all seinen funkelnden Lichtern, Arm in Arm mit dem Liebsten, umhüllt von einem lauen Sommerlüftchen – ein Wunsch, den Louna sich gerne selbst erfüllen würde. Vielleicht, sobald sich die Gonzaga-

Kamee in ihrem Besitz befand und ihr dann nach einem Hauch Romantik zumute war.

Nachdem sie die Brücke Pont Royal hinter sich gelassen hatte, bog sie rechts in den Quai Voltaire in Richtung Musée d'Orsay, das heute bis 23.00 Uhr geöffnet hatte. Auf den Brücken der Seine gingen die Straßenlaternen eine nach der anderen an, als wollten sie Louna begrüßen. Bei dieser Vorstellung musste sie lächeln. Wenig später betrat Louna das Musée d'Orsay.

Pierce

Pierce Brosano trank seinen Wodka aus und wartete auf die Wirkung. Nichts. Heute Abend würde er noch mehr Alkohol brauchen. Um Spaß zu haben. Um etwas zu fühlen.

Er wünschte sich jetzt die Wärme einer Frau. Dann sollte er aber mit dem Alkohol besser aufhören. Er verließ die Bar und schob sich durch das Menschengewühl auf der Tanzfläche. Dort war die Musik besonders laut, der Bass so dröhnend, dass er durch Mark und Bein ging. Hier drinnen war es unmöglich, mit jemandem ins Gespräch zu kommen. Was ihm nur recht sein konnte. Ihm war nicht nach reden zumute.

Ihm fiel eine Blondine auf, die an der Tanzfläche vorbeischlenderte. Auch sie schien keine Lust zum Reden zu haben. Lässig ging er auf sie zu. Sie lächelte ihn an. Dieser Blick. Kein Zweifel. Der Abend war gerettet.

Als Pierce vor ihr stehen blieb, strich sie ihm aufreizend über die Brust. Diese direkte Art. Das mochte er. Vielleicht gehörte sie zu den Frauen, die es kaum erwarten konnten, mit einem der begehrtesten Unternehmer des Landes im Hotelbett zu landen.

Sein Handy summte, er griff in die Hosentasche. Ablenkende Anrufe schätzten Frauen nicht. Aber falls es der Blondine nicht passte, ergab sich vielleicht etwas anderes, um seine innere Leere zu betäuben. Heute Nacht würde er jedenfalls nicht allein schlafen.

Das Display zeigte den Namen seiner Schwester Emma, die mit ihrer Familie in der Provence den

Sommerurlaub verbrachte. Wenn Emma anrief, musste es etwas Wichtiges sein.

Pierce hob den Finger und bedeutete der Blondine zu warten. Vielleicht tat sie es. Vielleicht auch nicht. Letztlich war es ihm egal. Er presste das Handy ans Ohr, ehe er die Bar verließ und trat auf die belebte Straße hinaus. Eine Gruppe Frauen ging vorbei, sie warfen ihm einladende Blicke zu. Vielleicht sollte er sich merken, in welchem Klub sie verschwanden, statt zu der Blonden zurückzukehren, die drinnen vielleicht auf ihn wartete.

„Emma?", meldete er sich. „Was gibt es denn so Dringendes?"

„Hallo Bruderherz. Wo bist du gerade?"

Verdammt, dachte Pierce. Wie er solche Fragen hasste. Sie wusste genau, dass er sich seit Monaten die Nächte um die Ohren schlug. „Ich betrinke mich gerade auf dem Broadway und plane eine Blondine flachzulegen. Wenn du es so genau wissen willst: Es wird endlich Zeit, mal wieder die Fronten zu wechseln", schnaubte er ins Handy.

Das überraschte Auflachen seiner Schwester am anderen Ende der Leitung zerrte an seine Nerven. Emma konnte es einfach nicht lassen, sich in sein Leben einzumischen.

„Na ja, in Paris hast ja auch eine große Auswahl. Nimm dir doch eine Schlampe aus dem La Rotonde und schlepp sie in deine Beischlafhöhle."

Emmas flapsiger Ratschlag wäre vielleicht ganz nützlich gewesen, wenn er den Frauen in seinem Leben hätte trauen können. Aber leider war dem nicht so, wie die Vergangenheit nur allzu oft gezeigt hatte. Deshalb sollte sein Zuhause ein Ruhepol bleiben, den er für den Rückzug von einem anstrengenden Arbeitstag brauchte. Er zeigte sich ständig in Begleitung anderer Frauen, doch beim Abendessen erschauderte er manchmal. Obwohl er in Begleitung war, kam es ihm vor, als säße er allein an einem Tisch. Dann träumte er von einer Frau, mit der er sein Leben verbringen wollte. Er hatte es mit der Liebe versaut. Oder? Den Gedanken verwarf er immer ebenso schnell, wie er gekommen war. Hier in Paris gehörte er zu der Sorte Mann, die im Leben aber und abermals die Blüten der Lust pflückte und kaum einer schönen Frau widerstehen konnte. Aber nur … Eben, dachte er. Nur eine Fassade.

„Vielleicht investierst du zur Abwechslung mal wieder ein wenig Gefühl", fuhr seine Schwester fort. „Ich …"

„Und riskieren, dass alles wieder den Bach runter geht?", fiel er Emma ins Wort. „Was ist der Grund deines Anrufs? Um mit mir über mein Liebesleben zu sprechen?"

„Quatsch. Ich weiß nur nicht genau, wie ich es dir sagen soll. Ich wollte nicht mit der Tür ins Haus fallen. Ich habe Briefe von Mama an Papa gefunden."

Verdammt. Wie er solche Gespräche hasste! „Soll ich mich irgendwo hinsetzen?"

„Besser wohl!", antwortete sie.

„Schieß los!"

„Als wir noch klein waren …" Er hörte Emma zu und plötzlich schien der Boden unter ihm zu wanken. War ihm der Wodka zu Kopf gestiegen? Eine seltsame Leichtigkeit legte sich um seine Brust. Hatte er sich verhört? Bildete er sich nur ein, was seine Schwester da gerade am anderen Ende gesagt hatte?

„Bist du dir sicher?"

Er hörte, wie Emma seine Frage bejahte und die Worte wiederholte. Einen Moment lang stand Pierce ganz still und wartete, dass das Gefühl sich legte.

Die Worte sprudelten förmlich aus Emma heraus. Er hörte zu, war wie elektrisiert und mit einem Schlag nüchtern. Emmas Nachricht berührte ihn zutiefst. Alles verschwamm vor seinen Augen. Die Klubs. Die Frauen. Was tat er hier, im La Rotonde am Place de la Bataille? Er beendete das Gespräche und schob das Smartphone in die Tasche. Mit raschen Schritten ließ er den Klub hinter sich und pfiff seinen Fahrer herbei. Im Wagen las er die Liebesbriefe seiner Mutter, die Emma in einem Geheimfach gefunden, eingescannt und ihn per WhatsApp übermittelt hatte.

Seine Hände zitterten vor Freude und eine Zeitlang schmunzelte er ins Leere. Emma hatte ihn auf etwas völlig Unerwartetes aufmerksam gemacht, etwas, das er fast vergessen hatte: die Liebe. Wunderschöne Erinnerungen flackerten auf, Bilder der Vergangenheit. Plötzlich war er wieder ein Kind auf dem Schoß seiner Mutter, das auf einer Bank zwischen den Weinstöcken von Le Vincent saß und herrliche blaue Trauben naschte. Während sie ihn an ihren warmen, weichen Körper drückte, erzählte sie ihm Geschichten von der Liebe und dem Weg ins Glück, von den großen Gefühlen. Dabei zeigte sie immer auf die Brosche an ihrer Bluse.

„Diese Brosche hat mir dein Vater zur Hochzeit geschenkt, mein Junge. Es ist eine Kopie der Gonzaga-Kamee, das Symbol der Liebe. Jede Frau sollte sie besitzen. Dann wird ihr die Liebe niemals abhandenkommen. Irgendwann musst du sie dir mal im Museum ansehen."

Wie hatte er die Geschichte um die glücksbringende Anstecknadel nur vergessen können? Die Liebe, die seine Mutter für seinen Vater empfunden hatte, hielt bis zum Tod des Vaters und darüber hinaus.

Emma hatte sich auch daran erinnert und ihn gebeten, sich die Ausstellung im Musee d'orsay doch einmal anzusehen. „Vielleicht fängt die Liebe dich dann auch ein, Bruderherz, und erwärmt dein erkaltetes Herz."

Pierce nahm seinen Laptop und gab den Namen der Kamee ein: Gonzaga – das wohl berühmteste Objekt der Liebe.

Er gab seinem Fahrer die Anweisung ihn zum Musée d'Orsay zu fahren. Verdammt, er war noch immer nicht ganz nüchtern.

Louna & Pierce

Vor ihr ging ein attraktiver Mann mittleren Alters, mit Cashmere-Mantel und Aktenkoffer aus braunem

Rindsleder in der rechten Hand. Unter den Besuchern des Museums Quai d'Orsay fiel er ihr in der Eingangshalle sofort auf. Der maßgeschneiderte Mantel, den er lässig über seinen rechten Arm gelegt hatte, ebenso sein Anzug. Die vermutlich maßgefertigten Schuhe aus feinstem Leder zeigten nicht den kleinsten Kratzer. Ungeniert stellte er seinen Wohlstand zur Schau. Die goldene, am linken Handgelenk unter der Manschette hervorblitzende Uhr, war eine Patek Philippe Grand Complication.

Hm ... Einhundertzweiundzwanzigtausend Euro am Handgelenk!

Er stand jetzt am Schalter und sah sich um. Louna fragte sich, ob er es nicht gewohnt war, eine Eintrittskarte bar zu bezahlen. Der Kauf bereitete ihm sichtlich Mühe. Was für ein attraktiver Trottel. Der Mann beugte sich vor, seine schlanken langen Finger glitten suchend über den Automaten. Dabei fiel ihr die Brieftasche in seiner linken Manteltasche auf. Ihr Adrenalinspiegel schoss in die Höhe, die Röte in ihre Wangen. Ihre Fingerkuppen kribbelten.

Wer eine solche Uhr trägt, kann sich eine neue Brieftasche leisten, dachte sie.

Der Mann gab auf. In sicherem Abstand zu ihm fuhr sie die Rolltreppe hoch, ging gemächlich zu der Besucherreihe, in der der Mann wartete und stellte sich mit einer Zeitung hinter ihn.

Was macht dieser Typ bloß hier?, fragte sie sich.

Ihr Herz begann schneller zu schlagen. Sie wusste, wo die Überwachungskameras installiert waren. Flüchtig nahm Louna den Reflex von Neonlicht auf ihrem Brillantring wahr, streifte ihn rasch ab und steckte ihn in ihre Handtasche. Er störte bei ihrem Vorhaben und es musste vollbracht sein, bevor der Mann das Museum betrat.

Wenn das menschliche Nervensystem große und kleine Reize zugleich wahrnahm, vernachlässigte es die kleineren, wusste Louna. Eine junge Frau neben ihr las eine kleingefaltete Abendzeitung, zwei älteren

Frauen rechts von ihr, tratschten über die Ausstellung. Beim Lachen konnte Louna das Zahnfleisch der Korpulenteren sehen.

Sie war hier wohl die Einzige, die etwas anderes im Sinn hatte, als eine Eintrittskarte am Schalter für die Ausstellung zu lösen. Um mit ihrem Rücken die Sicht von rechts zu verdecken, faltete sie ihre Zeitung, nahm sie in die linke Hand, senkte sie langsam, um das Geschehen abzuschirmen. Den Handrücken nach innen gerichtet, schob sie nun ihren Arm vor und ließ Zeige- und Mittelfinger ihrer rechten Hand in die Manteltasche des Mannes vor ihr gleiten.

Sie holte langsam Luft, hielt den Atem an. Klemmte den Rand der Brieftasche zwischen die Finger, und zog. Ein Schauer durchfuhr sie von den Fingerspitzen bis zur Schulter. Dann breitete sich eine angenehme Wärme in ihrem Körper aus. Obwohl viele Menschen um sie herum standen, waren im Wirrwarr der sich kreuzenden Blicke kein Auge auf sie gerichtet. Louna schien wie Luft für sie zu sein.

Die Spannung in den Fingern durfte jetzt nicht nachlassen. Sie barg die Brieftasche in die Falte der Zeitung, nahm diese in die rechte Hand und steckte sie in die Innentasche ihrer Lederjacke. Kunstvolle, fließende Bewegungen.

Langsam atmete sie aus. Während sie spürte, wie ihre Körpertemperatur weiter anstieg, beobachtete sie aus den Augenwinkeln die Umgebung. Das elektrisierende Gefühl beim Stehlen eines verbotenen Objekts, die Benommenheit nach dem Eindringen in die Privatsphäre einer fremden Person, war noch immer da. Kleine Schweißperlen rannen ihr den Nacken hinunter. Sie holte das Handy aus der Tasche und tat beim Weggehen so, als würde sie E-Mails checken. Dann ging sie zum Fundbureau des Museums und gab dort die Brieftasche ab. Die Armbanduhr behielt sie. Die würde sie dem Mann per Paketdienst zukommen lassen.

Fünf Minuten später zog sie am Automaten eine Eintrittskarte. Mit einem Schlag wich die Anspannung von ihr. Sie atmete ein und aus, und spürte die vertraute Wärme durch ihren Körper strömen. Ihre Sinne waren hellwach, lauerten nach beunruhigenden Signalen, aber nichts geschah.

Rasch machte sie sich im Waschraum frisch und steckte das pechschwarze glatte Haar hoch, bis auf einige Strähnen, die ihr ovales Gesicht umschmeichelten. Ihre grauen Augen waren umrahmt von dichten schwarzen Wimpern, die nur einen Hauch Tusche benötigten. Noch schnell ein Lidstrich und sie nickte zufrieden. Wenig später näherte sie sich dem Gonzaga-Raum - mit einer teuren Uhr in ihrer Lederjacke – und lächelte.

Gonzaga - bald gehörst du mir …

Als der kleine Aufzug federnd in der ersten Etage des Museums hielt und die Tür aufglitt, begrüßte sie eine wohlklingende Stimme.

„Guten Abend, Madame Paris."

Louna blickte ertappt auf. In der verspiegelten Rückwand des Aufzugs musterte einer der Wachmänner durch seine rotumrandete Brille erfreut ihr Spiegelbild. Als sie ihn erkannte, atmete sie erleichtert auf.

„Guten Abend, Jacques."

Der smarte Wachmann nahm seine Mütze ab, fuhr sich durch seine graumelierten Haare und schaute sie erwartungsvoll an.

Sie verstand den Wink sofort. „Sie haben eine neue Brille! Steht Ihnen ausgezeichnet, Jacques."

Der Wachmann grinste stolz. „Stimmt. Ist bis jetzt niemandem aufgefallen. Sie sind heute aber spät dran, Madame Paris. Darf ich Sie darauf hinweisen, dass wir in gut einer Stunde schließen."

Sie gab sich erstaunt und hoffte, dass Jacques es nicht bemerkte. Er durfte nicht misstrauisch werden. Rasch warf sie einen Blick auf ihre Armbanduhr. „Oh … Ich habe die Zeit völlig ignoriert, Jacques."

Die Welt, die sie jetzt betrat, hatte mit ihren Erwartungen kaum etwas zu tun. Überrascht von der flüsternden Geräuschkulisse, trat sie an das Geländer und blickte hinab in die Weite der Gemäldegalerie des Museums, die den ehemaligen Bahnhof „Gare d'Orsay" noch immer erkennen ließ. Im unteren Bereich erhielten einige Security-Mitarbeiter Anweisungen für die Nachtschicht. Sie waren die Erklärung für das Geflüster. Doch noch etwas fiel Louna auf. In der üblicherweise perfekt ausgeleuchteten Galerie war es überraschend schummrig. Statt des gleichmäßig von oben herabfallenden weißen Lichts breitete sich in gewissen Abständen ein gedämpfter blauer Lichtschimmer von den Fußleisten nach oben und auf dem gekachelten Boden aus. Blau förderte die Wachsamkeit. Louna konnte nicht anders und schmunzelte. Eine Diebin wusste eben alles über diese Dinge.

„Hat Sie die Sehnsucht nach der Gonzaga wieder gepackt, Madame?", erkundigte sich Jacques und holte sie in die Gegenwart zurück. „Seitdem wir sie ausstellen, waren Sie bestimmt so um die zwölf Mal hier. Oder irre ich mich?"

„Vierzehn Mal, Jacques", antwortete Louna innerlich amüsiert. Du führst also Buch über meine Besuche. „Die Kamee hat es mir besonders angetan." Sie zeigte auf die Männer im unteren Geschoss. „Was geschieht da unten, Jacques?"

„Die Sicherheitsvorkehrungen wurden optimiert, Madam. Aber Sie verstehen gewiss, dass ich mich dazu nicht äußern darf."

Louna nickte, drehte sich um und betrat einen Raum, in dem eine Anzahl Glasvitrinen standen, deren Innenbeleuchtung die Umgebung in ein zartrosafarbenes Licht tauchte. Jacques zögerte nicht den Bruchteil einer Sekunde ihr zu folgen.

In der Mitte des Raumes stand eine, mit schwarzem Leder überzogene Bank. Sie nahm Platz und blickte unauffällig nach oben. Die hoch an den Wänden montierten, gut sichtbaren Überwachungskameras lieferten den Besuchern eine eindeutige Botschaft: Wir sehen dich! Wehe, du rührst etwas an!

Die enormen Sicherheitsvorkehrungen überraschten Louna keineswegs, denn der Wert der Artefakte, die sich in den Vitrinen befanden, war in Zahlen kaum auszudrücken.

„Alle Welt stürzt sich sofort auf die Kronjuwelen Napoleons, aber Sie haben nur Augen für die Kamee. Allerdings bin ich davon überzeugt, dass in der kommenden Woche Ihre Schmuckstücke noch mehr Bewunderung erfahren werden. Kein Zweifel. Wie gelingt es Ihnen bloß, das Gold so magisch zu formen. Da gerate sogar ich ins Schwärmen, von meiner Frau ganz zu schweigen."

Sie war mal wieder beeindruckt. Männer zweifelten selten an irgendetwas. Dabei waren Zweifel doch ganz sympathisch, besonders wenn es sich um ein Schmuckstück handelte. In ihren ersten Jahren als Schmuckdesignerin war es ihr ständiger Zweifel, der sie immer besser hatte werden lassen.

In drei Tagen wurden auch einige Schmuckstücke von Louna Paris Jewels ausgestellt und versteigert: eine feine, erlesene Juwelenauktion, deren Erlös an eine französische Kinderschutzorganisation ging. Nur deshalb hatte Louna zugestimmt und selbst eine kleine, aber feine Auswahl getroffen: Zwei Goldringe mit jeweils einem Diamanten und grünen Peridotsteinen verziert, zwei Armbänder mit Blütenblättern aus zartrosa schimmernden Perlmutt, und mehrere Anstecknadeln: rabenschwarze Onyx-Vögel mit einem Brillanten im Schnabel. Vielleicht um das Gewissen einer diebischen Elster zu beruhigen? Ihr schwarzer Humor war da wohl mit ihr durchgegangen.

„Ich lasse mich immer wieder gern von den Exponaten der Pariser Museen inspirieren, Jacques", antwortete Louna und warf einen Blick auf die Vitrine, in dem die Juwelen lagen, die Napoleon während der Krönungszeremonie getragen hat. „Die Kronjuwelen … Hm …Naja, sie sind auch sehr schön."

Jacques zuckte entgeistert die Schultern. „Schön? Wissen Sie, wieviel allein die Krone wert ist, Madame?"

Sie legte ihren rechten Zeigefinger auf ihr Kinn. „ Ich mag meine Kamee lieber, Jacques."

Der Wachmann verzog keine Miene und schien kein Verständnis für ihre Schwärmerei zu haben. Er sah sie nur mit einem „Das-kann-doch-nicht-ihr-Ernst-sein"-Blick an.

„Das klingt aber sehr unterkühlt, Madame Paris."

„Die Wahrheit hat keine Temperatur, mein lieber Jaques. Können Sie sich eine ähnliche Kostbarkeit nicht am Ringfinger oder am Kleid einer schönen Frau vorstellen, Jacques?"

„Ich nicht", antwortete er und seufzte. „Aber meine Frau ganz bestimmt. Sie schwärmt auch immerzu von ihrem Schmuck, Madame. So, aber nun lasse ich Sie mit der Kamee allein." Er nickte ihr kurz zu und überließ ihr den Raum.

Eilig holte Louna einen Notizblock aus ihrer Handtasche und stellte sich vor die Vitrine, in dem die Gonzaga-Kamee lag. Den Kopf leicht zur Seite geneigt, vertiefte sie sich in ihre Skizze. Freund Zweifel meldete sich. Ist die Zeichnung perfekt für eine Kopie?

Sie musste eine Entscheidung treffen, betrachtete ihr zukünftiges Beutestück ein letztes Mal und lächelte selig. „Ich liebe dich und du liebst mich, es ist sozusagen eine Beziehung auf Augenhöhe", flüsterte sie.

Schritte kamen näher. Jacques! Rasch steckte sie Block und Stift wieder in ihre Tasche

„Madame Paris?"

„Darf ich Sie mit Pierce Brosano bekannt machen?"

Louna drehte sich um. Einen Moment nahm sie seinen Anblick in sich auf, starrte ihn an. O mein Gott. Attraktiv, sehr attraktiv … Ein Mann zum Träumen und … Ja, dachte sie. Er war es. Der Mann, dem sie vor einer Viertelstunde die Brieftasche gestohlen hatte.

Verdammte Scheiße!

„Herr Brosano interessiert sich auch für die Gonzaga-Kamee. Ich lasse Sie beide dann mal allein. Übrigens schließen wir in zwanzig Minuten."

Pierce Brosano reichte ihr seine Hand, seine braunen Augen musterten sie freundlich. „Es ist mir eine Ehre, Madame Paris."

Mit einem Mal wurde es still um sie, selbst das Stimmengewirr im aus dem Gang verstummte. Das samtbraune Augenpaar, das sie musterte, verengte sich reflexartig. Ein Blick streifte ihr Gesicht, dann trat er einen Schritt nach vorn. Seine Stimme ... Sieben Worte. Sieben Worte in einer Stimmlage, die sie sprachlos machte. Die Bedeutung drang leicht verzögert zu ihr durch.

„Wie bitte?"

Sie wollte sich ohrfeigen. Das war das Dümmste, was sie je gesagt hatte. Er hatte sie mit seiner Stimme und einigen Worten in ein Schulmädchen verwandelt.

Er lächelte. Perfekte Zähne blitzten auf. Seine mit Sommersprossen übersäte Nase sah über den verlockenden Lippen fast zu unschuldig aus.

Sag etwas, Louna!

„Ich freu mich, Sie kennenzulernen, Monsieur Brosano." Als sich ihre Finger berührten, umspielte ein Lächeln seine Mundwinkel. Sie spürte, wie sich bei der Berührung ihr Herzschlag beschleunigte und wie eine Sehnsucht nach diesem Mann sie mit einem Mal erfasste.

„Ich hoffe, Sie haben nichts dagegen", fuhr er fort und küsste ihre Hand.

Louna schüttelte den Kopf und lachte auf. „Mir wurde für diesen Abend ein Spektakel geweissagt. Ein Handkuss war damit sicher nicht gemeint." Sie zeigte auf die Gonzaga-Kamee. „Ist sie nicht wunderschön?"

Er nickte. Still standen sie eine Weile nebeneinander.

„Die Gonzaga wurde von einem Unbekannten geschaffen und galt über Jahrhunderte als verschollen. Sie wurde geraubt, verkauft, verschenkt und hinter Büchern in der vatikanischen Bibliothek versteckt, Herr Brosano", sagte Louna leise und schloss einen Moment verträumt die Augen. „Ihr Alter wird auf fast 2300 Jahre geschätzt und sie zählt zu den wenigen

Artefakten, bei denen es möglich ist, die Geschichte über einen Zeitraum zu verfolgen, der den Aufstieg und Niedergang Roms, das feudale Mittelalter, die Renaissance, die Pracht des Barock und die Epoche der Aufklärung umfasst."

„Da kann Napoleons Krone nicht mithalten", erwiderte er. „Ich habe gelesen, dass selbst Josefine die Gonzaga während der Krönungszeremonie getragen hat." Louna nahm ein unterdrücktes Lächeln in seiner Mimik wahr. „Meine Mutter hatte eine Kopie der Ansstecknadel. Sie behauptete, sie sei das Symbol der ewigen Liebe. Wie klein und zierlich sie ist ... und doch strahlt sie etwas aus. Was soll ich sagen ... Magie? Liebe?"

„Ich habe sie mir schon so oft angesehen und beim Betrachten pures Glück gespürt. Selbst ihre Besitzer hatte ich förmlich vor Augen: König Ptolemaios II. von Ägypten und seiner Gattin Arsinoë I, Alexander der Große, Kaiser Augustus, Cleopatra, Karl der Große, Napoleon", seufzte Louna. „Und danach habe ich im Museumscafé meinen Espresso geschlürft, den Keks zerbröselt, die Besucher beobachtet und das Café wieder selig verlassen. In Gedanken verabschiedete ich mich immer von der Kamee, als wäre sie der Mann meines Herzens: au revoir, Gonzaga."

„Soll ist die Kamee für Sie stehlen, Madame Paris?"
Wow!

„Madame Paris, Monsieur Brosano, wir schließen. Darf ich Sie beide zum Aufzug begleiten?"

„Sie dürfen, Jacques", antwortete Louna.

Brosano nahm ihre Lederjacke, die er ihr sanft über die Schulter legte. „Nach Ihnen, Madame Paris", murmelte er.

Schweigend gingen sie zum Aufzug. Als sie den Aufzug betraten, tippte Jacques mit dem Finger an seine Mütze und sah sie an, als wäre seine Sympathie für sie in Gefahr. „Dann wünsche ich Ihnen noch einen schönen Abend. Vielleicht bis morgen, Madame Paris?"

Diesen Adlerblick kannte Louna, aber er machte ihr keine Angst, er beunruhigte sie nicht einmal. „Bis morgen, Jacques."

Im Aufzug riskierte sie einen verstohlenen Blick auf den Mann mit dem geschmeidigen Gang eines Panthers. Er trug ein schwarzes Jackett, ein weißes enganliegendes Hemd mit Stehkragen, eine cognacfarbene Hose. Sein dunkles, widerspenstiges Haar war kurz geschnitten. Amüsiert stellte sie fest, dass er sie ebenfalls aus den Augenwinkeln beobachtete.

Vorsichtig streckte er eine Hand aus. „Darf ich?" Sanft strich er ihr eine dunkle Strähne aus dem Gesicht und fuhr mit den Fingerkuppen über ihren Hals bis in den Nacken. In seinen Augen lag pure Zärtlichkeit.

Ihre Mundwinkel zuckten, sie öffnete den Mund, sagte jedoch nichts. Sie war neugierig, was es mit ihr machen würde, jetzt in diesem Moment von ihm geküsst zu werden. Kein richtiger Kuss, vielmehr eine flüchtige Lippenberührung.

Hm … Da kannten sie sich nur wenige Minuten und schon wollte sie einen Kuss. War das normal? Ach was, was war schon normal. „Normal ist langweilig", hatte ihre Großmutter immer gesagt.

Schmetterlinge flatterten wie wild in ihrem Bauch: blau wie die Unendlichkeit des Horizonts, rot wie die Liebe, wie das Feuer, grün, damit der Rhythmus ihres Herzschlages nicht aus den Fugen geriet, und gelb wie das Licht der Sonne.

Sie war fasziniert von den Augen, die sie fixierten. Dieser Mann war für sie mehr als nur ein erotisches Symbol. Sie wollte sprechen, brachte aber kein Wort heraus. Schweigend erforschte sie die Züge seines markanten Gesichts, das so verwirrend fremd war und stellte sich auf die Zehenspitzen. Er beugte sich vor. Sie sah, wie er seine Augen schloss, und atmete leicht gegen seine Haut, spürte seine Nähe und wartete einige Herzschläge, bevor sie zärtlich mit ihren Lippen über seine strich. Erst vorsichtig, erkundend, dann forscher, bis er sie schließlich zurückküsste.

Sein Kuss war sinnlich und schmeckte nach Wein. Als sich ihre Zungen berührten, zog sie sich zurück und öffnete die Augen. Pierce hielt die Lider noch immer geschlossen. Ein Lächeln stahl sich auf seine schönen Lippen.

„Wow, das war unglaublich, Louna." Pierce drückte ihr einen Kuss auf den Handrücken. „Sie sind eine Diebin, Louna." Er seufzte. „Ich glaube, Sie haben soeben mein Herz gestohlen."

„Ach was, ich stehle keine Herzen, ich stehle nur Küsse." Und Brieftaschen, fügte sie in Gedanken hinzu.

„Da wäre ich mir nicht so sicher. Sie werden sich im mich verlieben", erwiderte er mit ernster Stimme.

„Wie kommen sie zu der Annahme? Geht denn das Stehlen von Küssen zwangläufig mit einem darauffolgenden Verliebtsein einher?"

„Wissen Sie das denn nicht, Louna Paris? Die Liebe sucht immer Diebe."

Seine Worte berührten sie tief und plötzlich spürte sie, wie sich die Leere und die Einsamkeit der vergangenen Jahre verflüchtigten. Sie setzte ein schelmisches Grinsen auf und dachte an seine Worte: Liebe sucht Diebe ....

„Ich würde Sie gerne näher kennenlernen, Louna. Wollen wir morgen gemeinsam zu Abend essen?"

Sie nickte.

Er küsste ihre Hand. „Und bis dahin werde ich selig lächeln."

FANPOST AM VALENTINSTAG

an: autorin@t-online.de
von: protoganist@valentin.com

Guten Morgen, liebe Autorin,
ich fühle mich geschmeichelt, wenngleich ich auch ein wenig verlegen bin, wegen all dessen, was sie sich über mich ausgedacht und geschrieben haben.

Sie bitten mich, Ihnen am Valentinstag die Liebesszenen zu verzeihen, die sie erfunden haben, ihnen aber vor allem nachzusehen, dass sie sich einiger Tatsachen aus meinem Leben bedienten. Sie sagen, sie hätten das Gefühl, mir etwas gestohlen zu haben.

Nein, liebe Autorin, wenn man so über jemanden schreibt, wie sie es getan haben, dann ist es ein Geschenk. Was mich betrifft, so brauchen sie sich keinerlei Sorgen zu machen: die Liebe zwischen uns erfunden zu haben, hat mich zutiefst berührt, und während ich die Szenen las, habe ich fast bedauert – entschuldigen sie bitte meine Anzüglichkeiten –, dass es jene Liebe nicht in Wirklichkeit gegeben hat. Aber wir haben auf dem Papier so viel miteinander geteilt. Wir haben uns Gesellschaft geleistet, haben miteinander gelacht, uns geliebt. Und nach jedem Streit haben wir uns versöhnt, nicht wahr?

Etwas, das an dem Wochenende vor meiner Abreise nach New York geschah, möchte ich ihnen erzählen.

Da entdeckte ich in der Flughafenbuchhandlung ihren Roman und nahm ihn aus dem Regal. Ich las ihn dann während meines Fluges. Danach war es um mich geschehen.

An jenem Tag habe ich mich sofort in sie verliebt. Wollen sie wissen, was mir als allererstes durch den Kopf ging? Wie schön es doch wäre, wenn sie als Autorin des Liebesromans in mein Leben treten könnten, um sich in mich zu verlieben.

Ich tauche hin und wieder ab in meiner Traumwelt, in der sie eine Hauptrolle spielen. Immer dann schlendere ich durch Manhattan und gehe zum Empire State Building. Erinnern sie sich an den Film Schlaflos in Seattle oder an Die große Liebe meines Lebens mit Cary Grant und Deborah Kerr? Die Liebenden begegnen sich dort am Valentinstag.

In Gedanken habe ich mir in den vergangenen Tagen schon oft ausgemalt, wo wir uns das erste Mal begegnen könnten und holte sie in meinen Träumen nach New York, wo sie sich dann in mich verlieben. Ich glaube nicht, dass sie verheiratet sind, oder sagen wir, ich hoffe vielmehr, dass sie es nicht sind, denn sonst würde ich mir eine Amour fou mit ihnen wünschen. Das ziemt sich nicht.

In drei Tagen ist Valentinstag und ich wünsche mir so sehr, dass auch ich meine zukünftige große Liebe auf der Aussichtsplattform des Empire State Building treffen werde. Ob sie das vielleicht sind?

Allein der Gedanke an ein mögliches Kennenlernen lässt mich auf allen Wolken tanzen. Meine Liebe wäre bedingungslos, wie sie es so oft in ihren Romanen beschrieben haben.

Ich stelle mir vor, wie sie jetzt lächeln, wenn sie lesen, was ich Ihnen so alles schreibe. Und ich hoffe, sie haben Verständnis für einen Mann, der noch Träume hat, der das Leben und die wahre Liebe schätzt. Heute fünf Jahre nach dem Tod meiner Frau, bin ich auch nicht mehr so nachlässig wie vor Jahren. Schluss mit den Sandalen, Schluss mit den zerknitterten

Trikothemden und Hosen. Ich trage jetzt schöne ge-stärkte Hemden und Schuhe, die stets glänzen, treibe Sport und bin schlank. So gefalle ich mir sehr mit meinen fünfundfünfzig Lenzen.

In meinen Träumen erwidern sie meine Gefühle und es gefällt mir. Ich finde es spannend und mag es, meine Traumwelt weiter auszuschmücken.

Im Restaurant des Empire State Buildings blättere ich gern in ihrem Buch. Deshalb habe ich mich entschieden, ihnen diese Zeilen zu schreiben und hoffe, dass sie meine Email lesen werden. Wäre es nicht spannend, uns am Valentinstag in New York zu treffen? Ich bin ein hoffnungsloser Romantiker und werde daher auf der Aussichtsplattform des Empire State Building um 19.00 Uhr auf sie warten.

Und um noch einmal auf ihrer Erzählung zurückzukommen: Hören sie niemals auf, sich ihrer wunderbaren Vorstellungskraft zu bedienen. Sie und ich, wir sind nicht verrückt. Glauben sie nie mehr jemanden, der so etwas Ungerechtes behauptet. Schreiben sie weiter, besonders für mich, ihren Protagonisten, der sie so gerne kennenlernen möchte.

Herzliche Grüße
Ihre Hauptfigur. Für immer …

Und tatsächlich …

Am 14. Februar 2018 um 19.00 Uhr lernten sich die Journalistin und Autorin Mia Parker und der Präsident der Falk-Werke auf der Aussichtsplattform des Empire

State Buildings kennen. Ein Jahr später haben sie ge-
heiratet.

Seitdem beginnt er seine Emails an seine Frau mit:

Guten Morgen, Liebling

HIMBEERTÖRTCHEN

Liebster,
bitte setz dich erst mal hin, bevor du weiterliest. Ich möchte nicht, dass deine dünnen Beine einknicken, dass dein geschwächter Körper nachgibt, dass du am Ende ohnmächtig wirst. Du sollst nicht ohnmächtig werden. Du sollst nur ohne mich weiterleben. Vierzig, fünfzig, achtzig Jahre lang. Solange es eben sein muss.
Du willst mit mir alt werden, hast du gesagt. Das fand ich schön. Das wollte ich auch. Aber doch nicht gleich Hundertzwanzig Jahre alt! Siebzig hab' ich mir vorgestellt, fünfundsiebzig vielleicht, so genau hab' ich mir das nie überlegt. Ich fand die Vorstellung einfach schön, zusammen alt werden. Zusammen vorwärtsgehen. Zusammen stets neu beginnen. Ich mag es, wenn plötzlich etwas Fremdes in dir aufblitzt, etwas, das ich noch nicht kannte. Als du von deinem Arzt zurückkamst, der das Geheimnis des ewigen Lebens zu kennen meint, voller neuer Ideen und Tragetaschen voller Vitaminkapseln, fand ich das erst mal spannend. Etwas Neues ausprobieren. Gewohnheiten verändern. Rituale ersetzen. Aber dann …
In dem kleinen Café neben dem Reformhaus, wo wir oft sitzen, nur einen grünen Tee bestellen, statt eines doppelten Espressos und eines Stück Himbeerkuchens.
Ratten, die ein Drittel weniger Nahrung bekommen, als sie eigentlich brauchen, werden fast doppelt so alt wie ihre lustigen, satten Artgenossen, das hast du mir erklärt. Aber sind sie auch glücklich? Oder träumen sie nachts von einem Himmel, der aus Schokoladenkuchen gebaut ist – oder was immer für Ratten Schokoladen-

kuchen ist. Wovon träumst du, wenn du unter deinen drei Decken endlich einschläfst, die Arme um dich selbst geschlungen?

Nicht mal mehr wärmen kann ich dich. Meine Berührung ist dir zu viel, die Haut tut dir weh, sagst du, und so sieht sie auch aus, kalt und grau. Ich bin keine Ratte. Ich will nicht weniger essen (eher mehr). Ich will nicht ewig leben. Schon gar nicht so!

Ich vermisse unsere ausgedehnten Abendessen. Ich vermisse die kurzen Wanderungen, die nur ein Vorwand sind, um das Tuch auszubreiten, den Käse und das Brot auszupacken, eine Flasche Wein aufzumachen. Ich vermisse Gespräche, die sich um etwas anderes als um das Leben der Ratten drehen, vermisse unsere Sorglosigkeit, ich vermisse sogar unseren heftigen Streit, für den die Kraft fehlt. Deshalb geh' ich jetzt zu unserem kleinen Café, bestelle mir einen doppelten Espresso und ein Stück Himbeertorte mit einer extra Portion Sahne.

Und warte auf dich.

Immer.

Aber nicht ewig.

HAND AUFS HERZ

Es schneit noch leicht, als er das Haus hinter sich lässt. Sein dampfender Atem treibt Wölkchen um den hochgestellten Kragen des Mantels. Fußspuren kreuzen seinen Weg, und zwischen den hellen Schneeflecken glänzt feucht der schwarze und braune Kies. Dann wird seine Gestalt vom Nebel umschlossen.

Ich wache auf und ... habe mal wieder von einem Mann geträumt. Etwas festhalten zu können, dass soeben aus dem Bewusstsein entschwunden ist, entspricht wohl einem vertrauten Wunsch.

Neuerdings habe ich den Frust im Schlepptau und bin auf der Suche nach einem geeigneten Partner. Am Valentinstag allein mit einem Gläschen Prosecco zu verbringen, ist ziemlich öde. Ein Mann muss her.

Meine Freundinnen unterstützen mich tatkräftig und schenken mir ihr Februarmitleid. Oder die Mädels begeben sich auf eine Integrationstournee und laden mich – und jeden, der ein Valentinsherz haben könnte, ein. Freundinnen sind erbarmungslos, wenn es um das männliche Geschlecht geht.

„Wie siehst du überhaupt aus?", maulen sie. „Soll dieses luftig aufgeföhnte Etwas eine Frisur sein? Wenn deine reizarme Existenz immer wieder lustvoll durch die Berührungen deines Friseurs erschüttert wird, kommt so etwas dabei raus."

Hand aufs Herz! Wir Frauen haben die dämliche Macke, unser Selbstbewusstsein gerne mal davon abhängig zu machen, wie wir bei Männern ankommen! Läuft's mit den Jungs wie geschmiert, ist alles in

Butter. Aber wehe dem, wir haben mal eine weniger gute Fangphase! Wenn wir Mädels von unseren Beutezügen zu lange mit leeren Händen heimkehren, sind wir ganz schnell gefrustet. Insbesondere in der Valentinszeit. Falscher Schachzug!

Wenn wir Erfolg bei Männern haben wollen, müssen wir uns erst einmal das ganze Jahr über großartig finden. Schließlich verbringen wir ja auch die meiste Zeit mit uns selbst. Wir alle kennen unsere heißgeliebten Aphorismen: Mein Gott, sehe ich mal wieder Scheiße aus! Mutter Natur ist so ungerecht! Oder: Jetzt ist die Kuh vor mir befördert worden, obwohl die noch blöder ist als ich! Die hat bestimmt den Chef flachgelegt! Wieso sind die neuen Jeans auch schon wieder zu eng? Ich hab doch nur an den Kuchen geschnuppert!

Jammern ist menschlich! Aber statt unkontrolliert in Selbstmitleid zu zerfließen, wenn es im Leben mal nicht so faltenfrei läuft, heißt die Devise: Stopp! Und ... durchstarten.

Aber haben Männer überhaupt ein Herz? Klar haben sie eins, auch wenn sie von Parship, ElitePartner oder Scout24 kommen! Männer sind sensible Kerlchen, die uns Frauen in Sachen Romantik in nichts nachstehen! Sie haben Schmetterlinge im Bauch, wenn sie verliebt sind, stylen sich mühevoll beim ersten Date, lieben es, im Nacken gekrault zu werden und weinen, wenn wir sie verlassen!

Wie traurig und leer wäre die Welt ohne sie. Sie können unser Herz erwärmen, um uns dann Sekunden später den letzten Nerv zu rauben. Es braucht Jahre, bis wir das Fingerspitzengefühl dafür entwickeln, welche Knöpfe wir drücken müssen, damit unser Prinz nach unserer Pfeife tanzt. Einige Perfektionisten unter uns sind dabei so erfolgreich, dass in ihren Beziehungen fast paradiesische Zustände herrschen. Dann heißt es: „Er liest ihr jeden Wunsch von den Lippen."

Um einen halbwegs angenehmen Alltag mit unseren drolligen Kerlchen zu haben, kommen wir an der einen oder anderen Erziehungsmaßnahme nicht vorbei. Nur muss ich diese für mich herausfinden.

Wenn wir allerdings unser erstes Date mit einem Objekt der Begierde haben und dieser entpuppt sich beim Valentinsdinner als Albtraum, wie im vergangenen Jahr. Was dann?

Schon beim Spaziergang durch die winterliche Februarnacht zeigten sich die ersten Anzeichen. Ich trug die falschen Schuhe und hatte die falsche Jacke an. Schließlich war eine Taxifahrt zum Restaurant und nicht ein Fußmarsch geplant. Im Restaurant hatte ich nasse Füße und ich fror. Die Unterhaltung lief schleppend, kein Funke sprang über. Das fette Valentinsessen gab mir den Rest. Ich trank zwei Verdauungsschnäpse zu viel. Mir wurde übel. Und dann?

Die Damentoilette!

Am liebsten hätte ich diese Tür umarmt. Mein Ort der Zuflucht und Sicherheit. Als mich die einladende Wärme des weiß gekachelten Toilettenraums empfing, hatte ich ein klein wenig das Gefühl, eine gute alte Freundin zu besuchen. Endlich raus aus den nassen Schuhen. Und dann sah sie ihn. Konnte das die Wirklichkeit sein? Nicht zu fassen. Es gab dort tatsächlich einen Handfön. Wie von der Tarantel gestochen, eilte ich zum Objekt meiner Begierde, bereit, jede darauf zusteuernde Konkurrentin augenblicklich ins Jenseits zu befördern. Der Handtrockner gehörte mir. Ich hielt meine Füße unter den heißen Luftzug und seufzte ein wohliges „Oh.".

Eine junge Frau am Waschbecken hob skeptisch eine Braue und schielte mit einem verächtlichen Blick zu mir rüber. Was glotzt die denn so blöd? Noch nie eine Frau gesehen, die unter einem Haartrockner auftaut? Ich überlegte, ob es einen komischen Eindruck machen würde, wenn ich den Rest des Abends einfach hier verbringen würden. Nein, ausgeschlossen. Hinterher glaubte er am Ende noch, ich hätte so lange auf der Toilette zugebracht, um in Seelenruhe hier zu … Nein! Was sollte er nur von mir halten? Ein Bier trinken, sich mit einem Rülpser verabschieden und dann auf der Toilette noch ein Ei legen? Unmöglich. Auf keinen Fall! Wehmütig trennte ich mich von meinem Föhn, nickte der Frau am Waschbecken zu und raunte: „Geiles Gerät. Bläst hervorragend." Dann schaukelte ich erst einmal wieder in das Restaurant und lächelte meinen Valentinsmann tapfer an und dachte:

Zum Glück gibt es den Valentinstag nur einmal im Jahr!

AFFÄRE À TROIS

Ich mag die Augen nicht aufmachen. Nach und nach wird dieses Gefühl dösender Mattigkeit von mir weichen. Nach und nach werden die Personen, die Namen, an ihren richtigen Platz fallen. Ich will es nicht überstürzen, aber der Geist arbeitet, auch wenn ich nicht will. Er dreht sich im Kreis und bombardiert mich mit Namen. Benny – aber was tue ich dann neben dem nackten Körper von Tom? Benny …, während ich seine unerfahrene Hand auf meinen Leib fühle. Benny … zwischen Kuss und Kuss, inmitten der Zärtlichkeiten, die ich ihm erst beigebracht habe. Benny …, und Tom küsste mich unbeholfen. Bring es mir bei, Delphine, bringt es mir bei. Jungen, die in die Geheimnisse der Liebe eingeweiht werden. Ich liebe dich, Delphine, weil Benny dich liebt. Benny, der plötzlich verblasst, damit Tom und ich uns lieben können oder damit wir dich, Benny, durch uns kennenlernen, durch unsere Körper, die einander begehren. Delphine, ich bin sehr ungeschickt. Geduldig habe ich ihn munter gemacht, um ihn mit Zärtlichkeit, mit Ruhe, mit viel Ruhe, über diese Wege zu lotsen. Sie küssen meine Brüste, küssen meine Brustwarzen. Ich bin ihr Lehrmeister, die Frau, die wartet, und lächelt.

Gehen wir doch, sage ich viel später zu ihnen, und sie küssen mich zum letzten Mal und schauen mich an, fast ohne zu begreifen, was zwischen uns vorgefallen ist, ohne dass ich selbst im Stande wäre es zu wissen.

Und kurz nun, an Heiligabend habe ich erfahren, dass in mir sich etwas aufgebaut hat. Das ist nicht möglich! Denn wenn es stimmte, wird der Tropfen schließlich zu einem Wasserfall werden, mein Bauch wird wachsen wie ein Vulkan, und Benny und Tom werden von der Lava verbrannt werden.

Ein Kind. Ich muss es mir viele Male wiederholen, ohne es zu begreifen. Frühling – Mai – ein Kind, so sanft. Ein Wesen bewohnt mich, jetzt nimmt es meine Organe in Beschlag, später meine Zeit. Ein Kind. An wessen Seite werde ich es beobachten? Wenn ich doch mein Geheimnis für immer bewahren könnte. Wenn ich nur in der Klausur meines Wissens von einer Frucht träumen könnte, die ihn mir heranreift, die für immer in der Dunkelheit bleibt, die mein Körper – dieser Komplize – versteckt. Aber nein, ein Kind ist etwas, das wächst, das sich löst wie die reife Weinbeere von der Traube. Benny hat einmal von Trauben gesprochen, damals waren wir diese süßen Trauben; die Zeit vergeht, und nun ist Mai, nun bin ich der Weinstock, der Reden treibt.

Mai. Ein Kind.

Ein Maikind, von wem?

SEGELTÖRN DER EHE

Der Alltag ohne dich

Liebste Sarah,

oft schon habe ich mich gefragt, ob meine Leidenschaft fürs Schreiben für dich einen Vorteil bedeutet. Und jedes Mal lautete die Antwort: Nein.

Geschrieben habe ich dir schon immer. Es ist so etwas wie ein Schutzraum. Auf dem Papier kann ich mich austoben. Ohne diese Möglichkeit fühle ich mich elend und käme im Alltag ohne dich gar nicht so gut zurecht.

Ich würde alles tun, um jetzt bei Dir zu sein, in diesem Moment, weil ich dann Deine Hand halten, Dir ins Gesicht blicken und Deine Stimme hören könnte. Wie kann mein Brief die Berührung, das Sehen und Hören ersetzen – all die sensorischen Rezeptoren und Sehnerven und schwingenden Trommelfelle? Aber wir haben es früher schließlich auch geschafft, Worte als Unterhändler einzusetzen, nicht wahr? Früher, als in der Schule Briefe unsere Spiele und das Gelächter und Geflüster ersetzen mussten. Ich kann mich nicht mehr erinnern, was in meinem ersten Brief an dich stand, nur, dass ich ihn auf Puzzleteilchen schrieb, um dem neugierigen Blick meiner Mutter zu entgehen. Aber ich erinnere mich an jedes Wort, mit dem Du, die Siebenjährige, auf meine Sehnsucht nach Dir reagiert hast, und daran, dass die Schrift unsichtbar war, bis ich eine Taschenlampe auf das Papier richtete.

Was guttut, duftet seither nach Zitrone.

Heute sagst du, dir würde wenig genügen, um glücklich zu sein: wenn deine Eltern nicht gestorben wären, wenn ich nicht immer weggefahren würde, wenn der Bäcker näher sein würde, wenn deine Schwester sich verloben und unser Sohn öfter anrufen und uns von sich erzählen würde, wenn ich abends trinken würde, wenn ich segeln würde ... wenn Gott wollen würde.

Manchmal erzählst du mir von deinem Gewässer. Ich glaube, du hast dich von mir entfernt, weil ich nicht segeln kann, denn Segeln bedeutet, dass man eine Situation genau einschätzen können muss: Wind, Strömungen, Entfernungen, Wassertiefe, Leuchttürme. Und danach muss man entsprechend handeln. Du hast gesagt, fünf Knoten Wind sind das Mindeste, damit ein Segler wenigstens ein bisschen Spaß hat.

Einmal habe ich dich gefragt, warum du mich in Stich gelassen hast. Und zwar gründlich. Alles hing dir zum Hals raus, mein ewiges Schweigen, diese endlos langen Tage, wenn man nichts sieht als Leere, meine Unfähigkeit, ein Kompliment zu machen, meine Ticks. Ich wollte dir die Freude am Wasser nicht nehmen, aber du hast es geglaubt und seither triffst du den Wind und setzt das richtige Segel – wie in unserer Ehe. Du erhältst die Fische und isst sie. Aber ich mag hin und wieder mal ein Steak. Das habe ich dir gesagt. Und du hast dort gesessen wie ein Krokodil vor der Beute.

So ist es heute zwischen uns. Eine kleine Wegstrecke mit dir gemeinsam zu gehen, wird zu einer schwierigen Übung, denn du begreifst sofort, dass ich nicht weiß, was ich sagen soll, und dass ich immer aufgeregt bin in deiner Nähe. Die Stimmung wird immer drückender und die Verlegenheit wächst. Zwischen uns herrscht Stille, aber ich darf deswegen nicht frustriert sein. Es liegt daran, dass ich neben dir immer so unsicher und schief gehe, im Zickzack, und meine Kleidung ist nie der Jahreszeit oder der Witterung angepasst.

Du weißt nicht mehr viel von mir, du hast vergessen, wie ich bin. Ich hatte Scharen von Mädchen im Schlepptau. Ich spiele wirklich gut Gitarre und habe es mir sogar selbst beigebracht. Ich war bereit, mich in Schwierigkeiten zu bringen, bloß um dich zum Lachen zu reizen. Ich rede sogar mit den Steinen, und die Steine reden mit mir. Und ich will die Welt noch immer retten.

Im Grunde ist es mir gelungen, fast ein Vierteljahrhundert lang dich zu lieben. Ich wünsche mir, dass unsere Zitronenbäumchen im Gewächshaus wieder Früchte tragen. Denn was guttut, duftet seit unser Kennenlernen nach Zitrone – wie diese Puzzleteilchen, auf dem meine Worte für dich stehen.

Erinnerst du dich?

An uns?

AMELIE UND DIE SEHNSUCHT
NACH LIEBE

Amélie war zwar fest entschlossen, an der Universität Sorbonne einige Semester Kunstgeschichte und Literatur zu studieren, doch noch mehr freute sie sich darauf, die quirlige Lebendigkeit der Stadt der Liebe kennenzulernen. Die Sorbonne bot unter dem Titel „Gründungsmythen Europas in Literatur und Malerei" eine Seminarreihe an und ihr Vater hatte eines Tages den Entschluss gefasst, seiner jüngsten Tochter das Studium zu ermöglichen. Wo ihre Mutter an diesem Tag war, wusste sie nicht, auch nicht, was sie tat. Sie hatten nie darüber gesprochen.

An alles andere erinnerte sich Amélie: Ihr Vater hatte stolz in seiner Stammkneipe von den Plänen seiner Tochter erzählt und schließlich auch ihre Mutter überzeugt. Er war der Meinung, dass die Sonne in Amélies Bildern die Seele wärmte und an unbeschwerte Stunden denken ließ. „In Paris wird man Amélies Talent fördern, denn unsere Tochter hat die Gabe, dem Licht des Augenblicks und der Farbe eine besondere Bedeutung zu geben", hatte er seine Entscheidung begründet. „Sie ist eine begabte Schriftstellerin und eine fantastische Malerin. Erkennst du das denn nicht, Magda?"

Ihre Mutter hatte sie daraufhin bis vor ihrer Abreise abweisend und streng behandelt wie in den Jahren zuvor. Vielleicht hätte sie selbst gern einige Semester in

Paris studiert. Vielleicht war sie eifersüchtig und fand es ungerecht, dass ihr in der Jugend der Wunsch verwehrt geblieben war, in Paris zu studieren oder dort die Liebe zu kosten. Vielleicht hatte ihre Mutter mal mit dem Teufel paktiert und Gott hatte ihr deshalb einiges vorenthalten.

„Mama, die Liebe ist doch die schönste Sache der Welt. Man bleibt die ganze Nacht wach oder steht früh um vier auf, um entlang der Seine zu spazieren", hatte Amélie eines Tages in der Küche gesagt, während sie ihrer Mutter beim Abwaschen half.

Ihre Mutter hielt ihre Hände ins heiße Wasser, den Rücken bequem über das Becken gebeugt. Ihre Blicke begegneten sich zuerst im Glas des Küchenfensters. Amélie wandte sich nicht verlegen ab, sondern hielt den Blick fest, als hätte sich über dem Kopf ihrer Mutter eine Art Sprechblase gebildet, in der sie ihre Gedanken lesen konnte.

Amélie zog die Stirn ein wenig in Falten, und ihre Mutter, der es nicht behagte, dass Amélie ihr mit ihren dunklen Augen so ungeschützt ins Gehirn schauen konnte, schenkte ihrer Tochter ein kurzes Lächeln.

„Wenn Gott nicht bereit ist", fuhr Amélie fort, „mich in dieser Stadt auch mit der Liebe bekanntzumachen, soll er mich eben sterben lassen, auf welche Weise auch immer."

Ihre Mutter tippte sich an die Stirn. „Du weißt nicht, was du da sagst, Kind."

Kind? Verdammt, sie war erwachsen. Sie grinste. „Doch. Aber …"

Ihre Mutter runzelte die Stirn. „Aber was, Amélie?"

„Papa hat immer gesagt, dass deine Maschine, in der dein Gott es sich gemütlich gemacht hat, manchmal zu altmodisch tickt."

Eisige Stille.

Amélie sah ihrer Mutter in die Augen, die einen eigenartigen Glanz bekamen. Auch ihr Lächeln war erloschen. Sie tauchte ihre Hand in das Spülbecken. Unversehens klatschte sie ihr den nassen Lappen an den

Kopf. Sekunden später traf Amélie die flache Hand und sie spürte den Schmerz auf ihrem Gesicht. „Wie kannst du es wagen! Geh mir aus den Augen! Verschwinde."

Das Wasser tropfte über ihre Schultern und in den Ausschnitt ihrer Bluse. Amélie zuckte mit den schmalen Schultern, kicherte und täuschte Gleichgültigkeit vor.

In der Nacht hatte damals der Blick ihrer Mutter sie aber nicht einschlafen lassen. Sie hatte sich seitdem häufiger gefragt, was wohl der wahre Grund für die heftige Ohrfeige gewesen sein mochte und ob ihre Gedanken tatsächlich eine große Sünde wären. Manon war jedenfalls ebenso dieser Meinung. Es gäbe doch wichtigere Dinge als die Liebe, behauptete sie. Aber diese anderen Dinge konnten Amélie gestohlen bleiben.

Vor ihrer Abreise hatte sie noch feurige Liebesgedichte an ihren imaginären Monsieur Inconnu geschrieben, die nicht frei von frechen Andeutungen gewesen waren.

Eines Tages hatte ihre Mutter beim Aufräumen die erotischen Zeilen an ‚den Unbekannten' unter der Matratze entdeckt, ihrem Vater gezeigt und einen Streit entfacht. Nach Ansicht ihrer Mutter besudelte sie mit Worten wie ‚Knospen' oder ‚Vulva' nicht nur sich, sondern den Ruf der ganzen Familie. Während ihre Mutter sie den ganzen Tag verflucht hatte, hatte ihr Vater nur gelächelt.

„Wir müssen loslassen, Magda. Amélie kann in Paris bei meiner Schwester Beatrice wohnen. Sie vermietet doch ihre Appartements an Studenten aus gut situiertem Elternhaus. In Paris kennt zudem niemand ihre Geschichte. Aber hier in der Provence ..."

Er blickte dabei über den Brillenrand, sah den stillen Protest in den Augen seiner Frau.

„... Und Manon sollte auch endlich ein eigenes Leben führen können", fuhr er fort. „Sie hat sich schon zu lange um Amélie gekümmert. Die ‚ältere Schwester' ist nicht zwingend eine Berufsbezeichnung und ..."

Ihrer Mutter war die Röte ins Gesicht gestiegen. „Moment mal", unterbrach sie. „Das scheint ja dann beschlossene Sache zu sein. Ich … ich weiß auch nicht. Beatrice ist eine Tratschbase. Schon deshalb behagt mir der Gedanke nicht sonderlich."

„Beatrice hat all die Jahre geschwiegen und sie wird sich auch jetzt nicht zu dieser alten Geschichte äußern."

„Schon gut. Ich habe Amélie übrigens neulich geohrfeigt und konnte ihr nicht sagen, dass es mir leid tut."

„Ach, Magda, lass los. Du musst sie endlich loslassen", hatte ihr Vater geantwortet und ihre Mutter dabei zärtlich umarmt.

„Amélie geht es doch gut."

„Bist du dir da sicher, Benedikt?"

„Absolut."

Ihr Vater hatte auch Manon einen Vortrag gehalten. Der Punkt war, dass ihre Schwester es immer als notwendig angesehen hatte, die große Beschützerin zu sein – einen Job, für den sie sich wohl als geeignet hielt. Manon war immer für sie da gewesen, hatte sie vor vielen Jahren in eine Welt zurückgeholt, der sie als fünfjähriges Kind entrissen worden war. Sie selbst hatte an diesen Abschnitt ihres Lebens kaum noch Erinnerungen. Sie wusste nur, dass es Manon gewesen war, die sie als erstes Familienmitglied an der Haustür stürmisch begrüßt und in die Arme genommen hatte. Manon hatte seitdem beschlossen, dass ein wesentlicher Bestandteil ihres Lebens sein würde, auf ihre kleine Schwester aufzupassen. Es hatte Manon getröstet, die damals überlegene, reife große Schwester zu spielen, die das eigensinnige, unbedachte kleine Mädchen maßregelte, vermutete Amélie. Sie ahnte, was Manon ihretwegen hatte durchmachen müssen, nachdem sie immer wieder davongelaufen war oder sich auf dem Spielplatz nach einem sinnlosen Geplänkel von Manon losgerissen hatte. Einmal war sie nach dem stundenlangen Umherirren auf einer Bank eingeschlafen, wo die Polizei sie auffand und wieder nach Hause brachte. Die Erinnerung an diese Zeit hatte sie jedoch verloren, sie existierte nicht, und die unmittelbare Zeit danach hatte sich im Laufe der Jahre ebenfalls verflüchtigt. Auch wurde der Vorfall, wie ihr Vater ihr Verschwinden einmal genannt hatte, von der Familie mit keinem Wort erwähnt. Ob das die Geschichte war, über die Beatrice nicht sprechen sollte? Amélie hatte da so ihre Zweifel. Wenn sie in Paris war, würde sie der Sache auf den Grund gehen.

„Man spricht nicht über Gott, wenn der Teufel neben ihm steht", hatte ihre Mutter einst auf ein Hinterfragen geantwortet. Mehr kam nicht. Von niemandem.

Eine Frage, drei ausweichende Antworten ihrer Familie und dieses kleine Lächeln ihrer Mutter, ganz sie selbst. Ja, so war ihre Mutter.

Manon hatte ihr als Kind das Versprechen abgenommen, nie wieder so etwas Verrücktes zu tun wie davonzulaufen, und Amélie hatte ihr Wort gehalten.

„Amélie geht nach Paris, an die Sorbonne", hatte ihr Vater eines Tages gesagt. „Das Kind hat Talent. Ende der Nörgelei, Magda. Ende der Diskussion!"

Amélie erinnerte sich an den Blick ihrer Mutter: die Augen geöffnet, so als hätten sie sich verausgabt, glasig, als sei das Leben aus ihnen erloschen. Keine Antworten. Kein Lächeln.

Am Tag ihrer Abreise waren die Nerven mit ihr durchgegangen, vielleicht, weil sie in der Nacht schlecht geschlafen hatte, und fast wären sie im Streit auseinandergegangen. Sie war früh aufgestanden, hatte gefrühstückt, sich angezogen und war gegen acht Uhr reisefertig. Sie schaute nur noch einmal in ihrem Zimmer nach, ob sie nichts Wichtiges vergessen oder übersehen hatte mitzunehmen. Immerhin würde Amélie über zwei Jahre in Paris bleiben, vielleicht sogar für immer. Wer wusste das schon. Aber dann hatten ihre Eltern den Abschied hinausgezögert. Ihr Vater stand da und schaute sich um, als prüfte er, ob alle Dinge an ihrem Platz waren, oder als müsste er sich einprägen, was wo stand oder lag, wie das so war bei den letzten

Blicken zurück. Dann hatte er sie angesehen und Tränen in den Augen gehabt, als wäre es ein Abschied für immer.

„Mama! Ich reise ab. Das Taxi wartet."

„Ich bin noch nicht fertig, Amélie!"

„Konntest du dich nicht vorher umziehen, Mama?", nörgelte Manon.

„Vorher?", rief ihre Mutter. „Du bist ja gut, Manon. Vorher habe ich Amélies Koffer gepackt, während du dich vor dem Spiegel bewundert hast. Und ..."

„Apropos im Spiegel bewundern, Mama", fiel Amélie ihrer Mutter ins Wort.

„Das reicht, Amélie", mischte sich ihr Vater ein, der nicht mehr um seine Fassung rang. „Mama hat das Recht ihre Tochter zum Abschied beeindrucken zu wollen."

Amélie zuckte die Schultern. „Kein Grund sich wie eine Transe anzuziehen."

„Wie eine Transe? Vielen Dank, mein Kind."

Amélie ging auf ihre Schwester Manon zu und schenkte ihr einen Blick voller Zärtlichkeit und ein Lächeln, aber keine Umarmung. Sie küsste niemanden, nicht einmal ihre eigene Mütter.

An der Haustür hielt ihre Mutter sie einen Moment zurück. „Du denkst, dass ich dich nicht liebe, dich nicht verstehe, Amélie. Du hast Recht. Ich verstehe dich nicht. Aber ich liebe dich." Sie hob ihren Zeigefinger und tippte Amélie an die Stirn. „Das kannst du dir aufschreiben für einen deiner Romane! Wie alt bist du jetzt?"

„Das weißt du doch, Mama. Ich bin zwanzig."

Und wieder kein Lächeln, kein Nicken, kein Verständnis.

„Hör zu, Amélie. Tue einfach das, was du zu tun hast. Ich sag dir das nur für die Zukunft. An die muss ich denken. Ich bedaure die Zeit, die wir beide in den vergangenen Jahren verloren haben, die ich verloren habe. Du denkst genau wie dein Vater. Ihr seid euch sehr ähnlich."

„Was redest du denn da, Magda? Halt den Mund!"

Amélie sah das Entsetzen im Gesicht ihres Vaters. Sie verstand das alles nicht. Ihre Mutter sagte immer „dein Vater" und ihr Vater tat das Gleiche, wenn er von Mama sprach, dann sagte er „deine Mutter." Das war nicht fair. So versuchten sie sich aus der Affäre zu ziehen, indem sie taten, als wäre sie diejenige, die für alles verantwortlich war. Das nächste Mal würde sie besser auf eine plötzliche Gefühlsduselei ihrer Mutter vorbereitet sein. Sie eilte zum wartenden Taxi, ohne sich noch einmal umzudrehen.

Ruhig und schmal war sie, die Rue Vernet. Sie verlief nahe dem Triumphbogen, parallel zu den Pariser ,Champs', den Champs-Élysées, innerhalb des legendären ,Goldenen Dreiecks'. Das historische achtstöckige Gebäude von Beatrice Marlót fügte sich mit architektonischem Feingefühl in die faszinierende Straße ein.

Beatrice war das Gebäude vor vielen Jahren neben einer großzügigen monatlichen Apanage nach ihrer Scheidung von ihrem Exmann Émile zugesprochen worden. Seitdem bewohnte sie im obersten Stockwerk eine lichtdurchflutete 250-qm-Wohnung mit einem atemberaubenden Ausblick auf Paris.

Amélie mochte Tante Beatrice auf Anhieb. Auf ihr Klingeln öffnete eine ältere Dame von mittelgroßer, zierlicher Gestalt die verglaste Eingangstür. Obgleich sie mittlerweile siebzig Jahre alt war und Amélie sie seit zehn Jahren nicht mehr gesehen hatte, erkannte sie ihre Tante sofort.

Beatrice musste einst eine vollendete Schönheit gewesen sein, mit lebhaften, großen, braunen Augen, langen Wimpern, einem sanften und bescheidenen Blick. Das dunkle Haar war von Silberfäden durchzogen und kurz geschnitten.

„Herzlich willkommen, Amélie. Wie sehr ich mich darüber freue, dass du dich durchsetzen konntest, ma chérie."

Ihre Tante umarmte sie und drückte sie fest an sich. „Deine Mutter hat bestimmt getobt wie ein Berserker."

„Stimmt, Tante Beatrice."

„Nenn mich bloß nicht Tante. Ich bin doch keine alte Frau. Beatrice reicht vollkommen." Beatrice nahm ihre Hand und musterte sie von oben bis unten. „Du bist ja eine echte Schönheit geworden, Amélie. L'homme de Paris wird dir zu Füßen liegen. Aber komm erst einmal herein." Sie lächelte. „Ach was, nicht nur ein Mann, alle Männer werden dich umschwärmen wie eine Motte das Licht. Du wirst in das Appartement Traubenzimmer einziehen, Amélie."

„Traubenzimmer?"

„Unsere Appartements haben alle einen Namen. Die Wohnung wird dir gefallen, mein Kind. Sie ist nur für Familienmitglieder und allerbeste Freunde bestimmt, weil mich dort alles an Émile erinnert, den ich sehr geliebt habe."

„Émile?"

„Mein verstorbener Ehemann. Er war ein leidenschaftlicher Winzer und hat mir dieses Haus hinterlassen. Im Appartement hängen an den Wänden deshalb auch die schönsten Fotografien und Aquarelle von unserem Weingut, ‚La perle du soleil' in Vaison-la-Romaine." Beatrice seufzte selig. „Wenn du dich eingelebt hast, mein Kind, dann werde ich dir einige wundervolle Weine hochbringen lassen."

Amélie bezog wenig später das sonnige Apartment in der siebten Etage mit hell gehaltenen Möbeln und floralen Textilien, anheimelnden Hölzern der großen Flügeltüren, einem riesigen Badezimmer und einer praktischen Einbauküche. An den Wänden hingen tatsächlich atemberaubende Aufnahmen von lichtdurchfluteten Weinbergen. Das Appartement war ebenfalls in den provenzalischen Tönen gehalten – Ocker, Lila, Grün und Blau. Pariser Flair stellte sich erst beim Öffnen der Fenster ein, beim Hinausschauen auf die schmiedeeisernen Balkongitter, die Stuckfassaden, die Balustraden, die ausgefahrenen Markisen, beim Blick über die

Dächer, stets unterlegt mit dem entfernten Summen der Stadt. Sie ließ den Blick weiter hinauf wandern, sah die Dächer der Häuser, die Terrassen mit den Geranien und die Wäsche, die zum Trocknen an den Leinen hing und dachte: Ein idyllischer Ort im Herzen von Paris.

An der linken Wand der Dachterrasse rankte sich ein Weinstock empor und seine dunklen Trauben lockten sie an. Wer war bloß auf die Idee gekommen, mitten in der Stadt einen Rebstock zu züchten? Vielleicht Beatrice, aus einer nostalgischen Laune heraus, wegen einer verlorengegangen Liebe? Sie würde ihre Tante bei Gelegenheit danach fragen.

Die Apartments in den darunterliegenden Stockwerken hatte ihre Tante an Studenten vermietet, deren Eltern sich eine Mixtur aus französischem Charme des beginnenden 20. Jahrhunderts mit modernem Interieur leisten konnten.

Beatrice hatte das Gebäude vor vielen Jahren akribisch restaurieren lassen. So war es ein Genuss, das Frühstück unter der Jugendstil-Glaskuppel in ihrem Salon einzunehmen, zu dem Beatrice die Bewohner des Hauses jeden Sonntag einlud.

Hinter dem Gebäude lag ein kleiner, aber prächtiger Park.

Amélie ließ – nachdem sie die Koffer ausgepackt und ein Bad genommen hatte – ihren Blick über den Garten schweifen: Die perfekt gepflegten Wege, Steinstufen aus rötlichem Granit, verbanden die einzelnen Kunstobjekte des Gartens, ein Rosenbeet und eine alte Eiche, miteinander. An der Gartenmauer rankten ebenfalls Weinstöcke empor. Weiter hinten arbeitete ein älterer Mann mit einem Strohhut auf dem Kopf, der Amélie spontan an Vincent van Gogh erinnerte. Über seinem Kopf flatterten bunte Schmetterlinge hin und her, als würden sie ihm Anweisungen geben. Von Beatrice erfuhr sie, dass er Jérôme hieß und den Garten und das Haus in Ordnung hielt. Er hörte kurz mit dem Rechen des Laubs auf, als er Amélie auf der

Terrasse entdeckte und winkte ihr zu: „Bonjour, Mademoiselle Amélie."

Sie hob die Hand und erwiderte seinen Gruß. „Bonjour Jérôme."

Wenige Tage nach ihrer Ankunft stand sie am Morgen schon um sechs Uhr auf, ging ins Badezimmer und fegte mit einem Schwung den Inhalt des Medikamentenschränkchens in den Abfalleimer. Bewusst erleben, lautete ab sofort ihre Devise. Ich brauche keine Medikamente gegen gelegentlich auftretende Verstimmungen. Die rosafarbenen Pillen umnebelten nur ihr Hirn. Sie fühlte sich klar und frisch wie ein sprudelnder Wasserfall. Paris – die Stadt der Liebe – brachte sie dazu, sich wirklich gut zu fühlen. Wozu also Happy-Pillen?

Gegen zehn Uhr betrat sie in einem sackartigen Mantel und hochhackigen Schnürschuhen zum ersten Mal das Pariser ‚Café de Flore'. Das im Quartier Saint-Germain-des-Prés gelegene Café befand sich an der Ecke des Boulevard Saint-Germain 172 und existierte seit 1887. Seinen Namen verdankte das Café einer Skulptur der Göttin Flora, die auf der anderen Straßenseite stand. Intellektuelle wie Jean-Paul Sartre und Simone de Beauvoir, sowie Künstler wie Alberto Giacometti oder Pablo Picasso, waren regelmäßige Gäste gewesen. Jedes Jahr wurde dort im November der Literaturpreis ‚Prix de Flore' verliehen.

Das ‚Café de Flore' kannte keine Sperrstunde, wie sie von Fee erfahren hatte. Sie schmunzelte bei dem Gedanken an Fee.

Amélie hatte die temperamentvolle Spanierin, die eigentlich Felicitas Gonderra hieß, bei Beatrices Sonntagmorgen-Frühstück kennengelernt. Fee bewohnte ein Apartment im dritten Stockwerk und studierte wie sie Literaturwissenschaften an der Sorbonne. Von ihr erfuhr Amélie auch, dass Künstler im ‚Café de Flore' für wenig Geld einen Tisch für die ganze Nacht besetzen konnten. Wenn sie einschliefen, durften die Kellner sie nicht wecken. Es gab aufgrund von Meinungsverschiedenheiten oder übermäßigem Alkoholkonsum häufig

Streit unter den Studenten und Künstlern, aber die Polizei scherte sich dort nicht um Prügeleien. Das ‚Café de Flore' war in Amélies Augen der ideale Ort, sich um einen Studentenjob als Kellnerin zu bewerben und ihren 21. Geburtstag zu feiern.

Und sie bekam den Job und war so glücklich, dass sie am liebsten die ganze Welt umarmt hätte. Sie fühlte sich wie ein Schmetterling, der bald seinen Kokon verlassen sollte ...

(Ausschnitt aus Café der Flore und die Sehnsucht nach Liebe)

WERTHER IN SPACE

Liebe ist überAll

Bleibe, bleibe bei mir,
Holder Fremdling, süße Liebe,
Holde süße Liebe,
Und verlasse die Seele nicht!
Ach, wie anders, wie schön
Lebt der Himmel, lebt die Erde,
Ach, wie fühl ich, wie fühl ich
Dieses Leben zum ersten Mal!
Goethe

Orgasmus ist ein Zauberwort. Es lässt die Menschen willig nach Werthers Pfeife tanzen. Mit Plakaten, auf denen die Bewohner vom Venusberg einen Höhepunkt vortäuschen und mit Gerüchten über echten Sex locken, buhlen die Frauen um Werthers Landung in ihrem Ort.

Und so geschah es, dass an einem Tag, der nicht so zufällig war, wie es den Anschein hatte, der Windstoß des Schicksals das Mutterschiff des Spezies-Aufklärers 74 wieder einmal zum Planeten X621-Erde führte.

Schon damals war er mit dem Mutterschiff über sommerliche Wälder geflogen, über üppig blühenden Wiesen, auf denen bunte Schmetterlinge im Wind flatterten und über eine Landschaft, durch die sich das silberne Band eines Bachs schlängelte. Über dem Panorama erstreckte sich der tiefblaue Himmel. Er staunte über die hübschen Frauen, von denen er glaubte, dass sie ihn herbeisehnten und ihm zuwinkten. Am Abend beschloss er, das Mutterschiff zu verlassen und beglückte die Damen vom Venusberg.

Seit seiner ersten Begegnung mit den Erdbewohnern hat er sich mit ihrer Sprache vertraut gemacht und die Dokumente des Dichters Goethe gescannt. Er nennt sich seitdem *Werther*.

Es heißt, dass Werther die Frauen von der ersten Minute an berausche und dass er unersättlich sei. Dabei haben die Damen vom Venusberg das gewiss nicht nötig. Ihnen eilt bereits ein gewisser Ruf voraus.

Je mehr sich Werther X621 nähert und dabei den Planeten auf sich wirken lässt, umso intensiver schimmern die Farben. Zunächst nimmt er ihn als klar definierten Kreis wahr, der lilafarbene Reflexionen in die sonst schwarz-bläulich vernebelte Umgebung wirft. Dann ändert sich das Licht, und nach einer Weile sieht Werther die bunte Vielfalt zwischen den Reflexionen. Sofort fängt ihn wieder jener Zauber ein, den er bereits bei seinem ersten Besuch auf dem Planeten Erde verspürt hat. Aber da ist noch etwas Anderes, und sein System schlägt Alarm. Verantwortlich dafür ist das Leuchten des Etablissements *Klara* auf der nördlichen Halbkugel.

Er startet den Scan, der in fünf Sekunden einen Weltrekord im Möglichst-viele-Entscheidungen-Treffen aufstellt. *Ich-werde-mich-heute-amüsieren*, lautet die erste Entscheidung. In Momenten sexueller Erregung begegnet geht er Signalen und Gedanken gern nach. Insofern will er seine Überlegung sofort in die Tat umsetzen.

Während die Alten vom Venusberg den außerirdischen Werther als Störer des Ehefriedens, als Rebellen und Freigeist betrachten, der ihre moralischen und religiösen Wertvorstellungen missachtet, ist seit seiner ersten Landung unter den Jugendlichen ein regelrechtes Werther-Fieber ausgebrochen. Sie haben den Spezies-Aufklärer 74 aus dem All bereits zu einer Kultfigur erhoben, deren rosafarbener Space-Anzug mit Messingknöpfen, silberner Weste, silbernen Stulpenstiefeln und rundem Helm überall imitiert wird. Seine Anhänger glauben gewöhnlich, sich in einer ähnlichen Situation wie Werther zu befinden, und suchen in seinem Tun Verständnis und Trost für ihren eigenen Liebeskummer.

Die weiblichen Bewohner hingegen kennen den wahren Werther, der, vom Liebeskummer betrübt, emotionslosen Sex bevorzugt. Dennoch können die Damen seinem Geist und seinem Charakter ihre Bewunderung und Liebe nicht versagen. „Wir fühlen den Drang wie er und schöpfen körperlichen Trost aus seinem Leiden", flüstern sie hinter vorgehaltener Hand. Und schon sehen sie am Firmament das heiß ersehnte Mutterschiff in der Ferne aufleuchten. Gespannt erwarten sie in dieser lauen Sommernacht

Werthers Ankunft – mit einem temperamentvollen Tango im Schritt und dem Wunsch, sich wie einst wieder im Freien zu lieben.

Während seiner Landung plätschern Regentropfen leise in eine bunte Gasse, wenig später erklingt Randy Crawfords *One Day I'll Fly Away* aus Klaras Etablissement. Hoch über dem Venusberg leuchten am Himmel Werthers gescannte Ergebnisse auf.

Planet Erde. Dominante Spezies: Mensch. Spezies unterteilt in unterschiedliche Rassen. Keine einheitliche Sprache. Sehr unterschiedliche Ausprägung, zudem zwei Geschlechter. Befinde mich in Region Venusberg. Verwendete Sprache: Deutsch. Stark emotionalisierte, hocherregte Spezies. Form: Geschlecht B. Starte Kulturscan.

Werther verlässt das Mutterschiff. Er trägt den rosafarbenen Space-Anzug der Liebe, darunter zeichnet sich seine Männlichkeit überdeutlich ab.

Vor dem Etablissement Klara bleibt er stehen: ein Haus aus buntem Fachwerk mit dreieckigen Giebeln und Bogengängen aus Holz. Neben der Eingangstür rankt in einem Tontopf ein Catuaba-Bäumchen, mit aphrodisierenden orangefarbenen und gelben Blüten, die Wand empor. Mithilfe des Duftscans schnuppert Werther weißer Jasmin, Damaszener Rosen, Lavendel und Lupinen, die leise im Wind schaukeln: Gerüche, die sein sexuelles Verlangen und seine Sensibilität stimulieren.

Er pflückt einige Blüten und betritt das Etablissement Klara, in dem das leichte Mädchen arbeitet. Sein regionaler Kulturscan ergibt eine starke Fixierung auf M20 – die Prostituierte Mel,

Geschlecht B. Bei ihrem Anblick wird er plötzlich von Gefühlen überwältigt.

„Eh, Mel! Kundschaaaft …", flötet K43 – Klara.

Werther scannt seine Umgebung: *K43 – stark idealisierter Vertreter dieser Spezies. K ermöglicht tiefe Einblicke in die Kultur der Bewohner Venusbergs. Einzigartiges Konzept dieser Spezies: Sex. Geschlecht B sehr aktiv, bemüht sich um Geschlecht A, passiv. Dabei stark idealisiertes Geschlecht A. Sex eng verknüpft mit Paarung.*

Scans zeigen weitere Anomalien. *Geschlecht B bemüht sich um Geschlecht B. Und Geschlecht A um Geschlecht A. Auch dort jedoch keine Veränderung des Konzepts zu erkennen. Paarung mit und ohne Gegenstand. Nutzen weitverbreitete Varianten.*

Stelle großen Einfluss von Dokument 12, Verfasser Goethe, fest: ranzig eingerichtetes Bordell, altmodische Betten, vergilbte Tapeten und billige Rotlichtlampen. Schmuddelimage. Öffentliche Darstellung heftiger Leidenschaften.

Bis zu seiner Rückkehr zum Mutterschiff, versucht Werther das Konzept mit Hilfe von Dokument 12 zu ergründen. *Werde heute die Moralität ihres Tuns untersuchen, nicht den moralischen Endzweck, sondern die moralische Wirkung, die ihr Lebenswandel auf ihr Herz gehabt hat. Um mit Spezies leichter in Kontakt zu treten, werde ich, Spezies-Aufklärer 74, den in Dokument 12 des Verfassers Goethe verwendeten Namen Werther erneut annehmen. Nutze ebenfalls Sprache von Dokument 12. Trete in Kontakt.*

Werther geht langsam die Treppe hinunter und sieht sich um.

Klara torkelt auf ihn zu. „Hey, Baby! Du siehst einsam aus. Willste ein bisschen Spaß? Blasen zehn Euro. Ficken dreißig – nur mit Gummi. Leg zwanzig drauf …", raunt sie und deutet auf Mel, „dann gibt's eine besondere Zulage."

Werther zögert.

Mel versucht aufzustehen, was ihr aber nicht gelingt. Sie ist berauscht vom Anblick des Fremden, der einen aphrodisierenden Duft verströmt.

„Steh jetzt endlich auf, Mel!", faucht Klara.

Werther rollt mit den Augen und sieht Mel verliebt an. „Ich lese in Ihren strahlend blauen Augen wahre Begeisterung. Ja, ich fühle mit einem Mal …", stöhnt er. „Und darin darf ich meinem Herzen trauen, dass Sie, Mel – o darf ich, kann ich den Himmel in diesen Worten aussprechen –, dass Sie mich lieben!"

„Klar liebt sie dich, Schätzchen", zischt Klara und wirft ihm einen schmalzigen Blick zu. „Und für zehn extra darfst du deine Liebe sogar in ihrem Gesicht verteilen. Also, was willste nun?"

„Ach, wie es mir durch alle Adern strömt, wenn mein Finger den Ihrigen berührt, liebliche Mel."

Klara seufzt. „Süßer, ihre Finger können dich noch ganz woanders berühren."

Werther scannt Klaras vom Prosecco vernebelte Gedanken: *Schon wieder ein Spinner.* Dann zeigt er erneut auf Mel und passt der Realität seine Ideologie an. „Der himmlische Atem Ihres Mundes erreicht meine Lippen."

Klara grinst. „Was ist nun? Willste jetzt 'ne Nummer, oder biste bloß zum Rumsülzen hier?

Bist wohl alternativ sozialisiert? Fuck! Haste überhaupt Geld?"

Werther überlegt. Er ist sein erster Besuch in einem Etablissement. „Geld!"

Lockspeise des Satans. Kann gegen Ware getauscht werden. Keine Erwähnung in Dokument 12. Scan defekt. Keine schlüssige Erklärung gefunden. Forsche weiter.

„Du hast also kein Geld. Dann verpiss dich, du Wichser!"

Werther rollt mit den Augen. „Sprache scheint sich entwickelt zu haben. Sprache aus Goethes Dokument 12 nicht mehr zeitgemäß."

Starte Aktualisierung.

Klara lacht laut auf. „Hey, Baby, was bist du denn für eine *Fack ju Göhte*-Nummer?"

„Ich habe kein Geld. Aber ich werde euch Geld zukommen lassen", antwortet Werther.

Mel steht auf. „Lass mal, Klara. Ich werd schon mit dem Fremden fertig."

Mels Zartheit und der Blick in ihre Augen entfachen Werthers Leidenschaft. Als sie vor ihm steht, reicht er ihr die Blüten der Lust. Seine Hand umfasst die ihre, und für einen Moment schließt er die Augen. „Begehrst du mich?"

Er mag die Augen nicht aufmachen. Erst nach und nach weicht dieses Gefühl dösender Mattigkeit eines Stand-bys – ein Zustand, den er stets bevorzugt, sobald er das Mutterschiff verlässt. Er versucht nicht, Mel leidenschaftlich zu umarmen und zu küssen, denn er möchte den rein platonischen Charakter dieser Beziehung betonen. Er respektiert die junge Frau.

Mel reagiert verwirrt. „Weibliches Begehren wird überschätzt, Fremder. Frauen suchen keine

Abwechslung, denn sie finden selten Wege, sich diese zu verschaffen", kokettiert sie, als wollte sie ihn ohne Gegenleistung unterhalten.

Das gefällt Werther, er startet den Scan: *Mel ist seltsam zumute, berauscht von Sympathie.* In ihm entsteht die Wärme der Verbundenheit.

„Ich will dich nicht mit Leidenschaften und Empfindungen bekannt machen, die jeder in sich dunkel fühlt, die ich aber nicht mit Namen zu nennen weiß. Du bist zu kostbar, Mel. Erzähl mir lieber von dir!"

Werther lauscht gebannt ihrer Geschichte – der wahnwitzigen Odyssee einer Prostituierten.

„Dein Wandel ist ein subtiler Protest", sagt er schließlich, nachdem Mel ihm ihr Leben offenbart hat. „Für alle schmutzigen Episoden deines Lebens gibt es eine philosophische Erklärung. Mein Wissen erstreckt sich von Musik über Mathematik bis zur Mythologie. Und Moralität bedeutet, sich von der Begierde und der Lust zu befreien und die Liebe zu frequentieren. Über die Liebe weiß ich nur allzu wenig, nur, dass man mit ihr behutsam umgehen muss, wie mit einem kleinen Mädchen, dem sein Vater verspricht, dass es auf seinen Schultern festen Halt findet, wenn es die Äpfel vom obersten Ast stehlen will."

Dann vertraut er ihr seine Geschichte an, die einer verschmähten, unwürdigen Liebe, die fast zu einem Kurzschluss seines Systems geführt hätte.

Mel ist fasziniert von dem Fremden. Sie sehnt sich nach einem Glück, das wie ein Vogel hoch oben in der Baumkrone sitzt, die Flügel ausbreitet und sich von der Sonne wärmen lässt.

„Dafür weiß ich umso mehr von der Liebe, Werther. Mich hat man oft verlassen. Für Frauen können ein paar Minuten Paarung erhebliche Langzeitfolgen haben: Schwangerschaft, Stillzeit, Aufzucht, Loslassen. Männer dagegen gehen derweil ihrer Wege und suchen weitere Gelegenheiten. Ergo: Weibliche Wesen müssen aufpassen, mit wem sie sich einlassen, männliche können es sich leisten, zur Promiskuität zu neigen. Ich möchte nicht mehr verlassen werden. Deshalb bin ich hier gelandet."

„Ich stelle diese These infrage, geliebte Mel", sagt er und bewundert ihren Körper, der nur von einem Hauch nichts bedeckt wird. „Männer sind nicht stets paarungswillig. Vorhin beim Gehirnscan der Erregung ..."

Mel lächelt. „Du hast mein Gehirn gescannt?"

Werther umfasst jetzt Mels Gesicht. „Verstärkte Sauerstoffzufuhr im Kleinhirn. Und in der vorderen Hirnrinde, wo unter anderem das Belohnungszentrum sitzt."

„Belohnungszentrum? Ich liebe Geschenke. Du hast zwar kein Geld, aber du berührst mein Herz. Darf ich dir, Werther, die Welt der Liebe im Jahr 2020 zeigen?"

Er rollt mit den Augen. „Gehen wir doch lieber ein Stück durch den Regen", bittet er sie. „Hier ist alles so schal und unwichtig. All das, was vor unserer Begegnung passiert ist, verliert sich mit einem Mal in Bedeutungslosigkeit. Geht es dir auch so? Kann ich in meiner Unerfahrenheit auf eine Liebe hoffen, die in mir heranreift?"

Mel nickt benommen. „Meinst du jene Liebe, die bis heute in der Dunkelheit geblieben ist, die unsere beiden Seelen – diese heimlichen Komplizen – dort versteckt haben?"

„Genau die meine ich."

Der Regen hat nachgelassen. Sie gehen nebeneinander, sprechen kein Wort. So verlassen sie den Venusberg, laufen über die Felder bis zu dem Hügel, von dem das Tal unter ihnen grün und sanft ist und der Ort einer Puppensiedlung gleicht. Und noch immer kann er es nicht fassen, dass er Mels Hand hält, ihre Zartheit unmittelbar neben ihm ist, und dass ihr Duft, der ihn schwindlig werden lässt, dafür verantwortlich ist, dass kein Wort über seine Lippen kommt.

Sie setzen sich auf einen umgestürzten Baumstamm am Bach, und weil ihm nichts einfällt, was er hätte sagen können, nimmt er einen Space-Schlüssel aus seiner Hosentasche und legt ihn auf ihrem Schoß. Aber sie beachtet ihn nicht.

Sie schaut stattdessen ihn an und ihre Augen blicken voll Zärtlichkeit, weil ihr auffällt, wie schön er ist. Und sie flüstert: „Es ist ein großes Geschenk, dass du für jemanden wie mich Gefühle hegst. Allerdings habe ich nichts anzuziehen, wenn ich dich begleiten soll."

Er begreift die Tragweite ihrer Worte erst, als sie ihm den Spaceschlüssel zurückgibt – ohne einen Blick darauf zu werfen.

„Ich wusste, dass ich die Liebe auf dem Planeten Erde finden würde. Mein Schneider hat sich beim Thema Gendergerechtigkeit nach meinem letzten Besuch ganz weit aus der Kapsel gelehnt und für Erdfrauen den Space-Anzug *Mission Two* entworfen – ein großer Schritt für das Gender-Men-Streaming und die Liebe im All. Für dich gibt es die passende Kleidung 400 Kilometer über uns – in deiner Lieblingsfarbe Lila."

„Oh, ein Space-Fashion-Anzug, der nicht von einem testosteronverklebten, gedankenlosen Spacehirn stammt? Oh, damit können wir uns in der schwerelosen Leichtigkeit lieben. Wie cool."

In diesem Moment geschieht etwas mit ihm, er spürt den Klos in seinem Hals, die aufkommenden Tränen, ihre Arme, die ihn halten, als er hemmungslos weint.

Und auch Mel schmeckt das Salz ihrer Tränen, weil sie den Mann gefunden hat, mit dem sie bis ans Ende der Welt gehen würde.

Werther schiebt die Erinnerungen an Kälte und Einsamkeit beiseite und richtet seine Aufmerksamkeit auf das Hier und Jetzt. Er erzählt ihr von seinem Planeten, von den Granitfelsen und dem furchtbaren dunklen Boden und den Seen und Inseln und der einsamen Schönheit.

Sie antwortet nur: „Zeig es mir."

Die Luft um Werther lädt sich mit einer geheimnisvollen Energie auf wie ein Sommergewitter, das sich über eine ausgedörrte Ebene ergießt. Luftströme wirbeln über seinem Kopf. Er schaut zu den Baumkronen, deren Zweige heftig hin und her schaukeln. Glühende Lichtfunken flirren an ihm vorbei.

„Wollen wir uns im Mutterschiff weiter austauschen?", fragt er.

Da kehrt ihr Lächeln zurück.

Im Mutterschiff scannt Werther Dokument 12, Verfasser Goethe, ein letztes Mal, während Mel selig neben ihm liegt. Der Scan arbeitet, auch wenn Werther nicht will. Er dreht sich im Kreis, sein Hirn bombardiert ihn mit Namen. Goethe, Werther, M20 – Mel …, während er ihre erfahrene Hand auf seinem Leib spürt. Mel … immer zwischen Kuss und Kuss, inmitten der Zärtlichkeiten, die sie ihm beibringt.

Er küsst unbeholfen.

Mel, betöre mich mit der wahren Liebe!

Er ist jetzt verwirrt, als er in die Geheimnisse der wahren Liebe eingeweiht wird.

Ich liebe dich, Mel.

Ich liebe dich, Werther.

Spezies-Aufklärer 74 setzt das Mutterschiff in den Stand-by-Modus, damit er und Mel sich lieben können. Er ist ungeschickt, aber geduldig. Mel hat ihn – und er sie – mit Zärtlichkeit, mit Ruhe, mit viel Ruhe, über diesen Weg gelotst.

Viel später blicken sie sich an, fast ohne zu begreifen, was zwischen ihnen vorgefallen ist. Werther ist erst nicht imstande, es zu verstehen. Überrumpelt von Empfindungen spüren sie jedoch, dass Sex in Verbindung mit wahrer Liebe etwas Besonderes ist.

Obwohl vor ihnen die Dunkelheit einer ungewissen Zukunft liegt, ist Werther so aufgeregt, wie ein kleiner Junge an seinem ersten Flugtag. Er sieht Mel unablässig an. Als das Mutterschiff vom Boden abhebt, strahlen seine Augen so hell wie die entfernte Sonne.

Draußen zieht das sommerliche Gewitter vorbei. Werther und Mel betrachten vom Mutterschiff aus die noch regenfeuchte, erfrischte Natur. Beiden kommt Goethes Gedicht *Bleibe, bleibe bei mir* in den Sinn, sie interpretieren diese Parallelität als Ausdruck ihrer Seelenverwandt-schaft. Ihre Körper tanzen einen feurigen

Kontertanz und die betörenden Farben, die von der verschleierten Luft getrübt worden waren, fügen sich zu einer sommerlichen Morgenröte zusammen.

Und so nimmt ein guter Tag die gemeinen der Vergangenheit auf, und alle werden zukünftig Festtage sein; der ganze Kalender hätte rot wie die Liebe gedruckt werden müssen. Verstehen wird jeder *Werther in Space*, der sich an die Leiden des jungen Werther erinnert und an das, was der Autor dem Unglücklichen auf dem Planeten X621 als Schicksal auferlegt hat: der Freitod.

Doch zu den Füßen seiner Geliebten sitzend, bricht Werther in Space nicht den Hanf, sondern schenkt Mel Rosen – heute, morgen und übermorgen, ja, sein ganzes Leben lang.

Vorher startet er aber ein Sprach-Update. Dokument *Duden 2020*.

Am Horizont leuchten Werthers Gedanken auf.

B I N G O

FRÜHLING

Ich lauschte dem Regen,
fragte die Stille,
so zerbrechlich,
die Knospen
der Sonne Eifer unendlich,
und lebe.
Frühling
Extrakte von Gelb und Grün,
parfümieren die Steine,
entfernen Wege.
Frühling.
Ich lebte das Erwachen
den Duft von Flieder
und Jasmin,
wenn eine sanfte Brise,
dein Gesicht streift.

MANDYS
INGWERBLÜTE-XXPLUS-PARTY

Putzen ist gesund

„Saubere Zimmer? Ein Kinderspiel. Sie sind eine ge-stresste Top-Managerin, Ehefrau und Mami? Wünschen Sie sich eine Auszeit? Dann sind Sie bei „Mandy" rich-tig."

So, oder so ähnlich lautet der Werbeslogan von Man-dys-Ingwerblüte-XXPlus Reinigungsprodukten, wenn sie zur Party einlädt.

Schon über Hunderttausend Produktbotschafter ha-ben sich von Mandys hochwertigen Produkten überzeu-gen können. Sie wird also mein Zeitproblem lösen. Ich nehme ihre Einladung zur Party an – mit meiner Freun-din Susi im Schlepptau.

Auf der Party will sie uns zeigen, wie man Staub, Haare und tote Fliegen einfach und effektiv entfernt und die Toilette sauber hält. Außerdem hat Mandy ei-nen Allzweckreiniger für den Partner entwickelt, mit dem er das ganze Haus säubern kann, während Sie am Konferenztisch eines bedeutenden Konzerns ihre neu-esten Analysen präsentieren. Also auf zu Mandys Ing-werblüte XX-Plus-Party.

„Frauen kleckern nicht, und wenn doch?", fragt Mandy nach der Begrüßung und hält dabei ihr Flecken-wasser hoch. „Gute Hausfrauen bekommen jeden Fleck raus!", fügt sie noch rasch hinzu und wirft uns einen vorwurfsvollen Blick zu, denn wir sind weder das eine noch das andere. Bravo! Mandy Putz schafft es, dass ich selbst auf ihrer Party ein schlechtes Gewissen habe. Reicht doch, wenn der Ehepartner nörgelt, wenn ich durch Abwesenheit glänze.

Mandy weiß: Ihre Partygäste sind wie ich Business-Frauen und unsere Outfits ziehen beim gemeinsamen Frühstück mit der Familie jede Form von Flecken magisch an. Wir besudeln uns oft direkt vor einer wichtigen Konferenz. Aber droht ein Abschluss aufgrund von Eigelb am Hugo-Boss-Revers zu platzen? Ja! Eigelb am Kostüm geht gar nicht. Der Vorstand rümpft die Nase, ihre Profilaktie geht in den Keller. Baisse! Die Welt wird nun mal von charmantem Perfektionismus beherrscht. Eine Laufmasche wäre in dem Fall das kleinere Übel. Da schaut der Vorsitzende auf die Beine und lächelt. Hausse!

Rettung in Sachen Fleckentfernung wohnte früher in unmittelbarer Nähe. Meine Mutter hatte für ihren Dreckspatz immer ein Mittelchen, dem kein Fleck gewachsen war. Doch sie ist vor sechs Monaten gestorben und die Flecken nehmen zu.

„Mandys Ingwerblüte Fleck-Weg ist ein Wundermittel. Selbst eine Zauberfee könnte Eigelb, Kinderschokolade oder Milchbrei nicht perfekter wegzaubern. Unser Turbofleckenwasser hinterlässt auf ihrer Seidenbluse keine Ränder. Nach der Reinigungsaktion ist der gesäuberte Fummel sofort wieder startklar."

Ein Raunen geht durch den Raum. Die Damen lächeln.

Ich hebe meine Hand: „Kann ich damit auch meine Altersflecken entfernen?"

Meine Freundin sieht mich entsetzt an und Mandy schenkt mir einen vernichtenden Blick. Humor ist hier nicht gefragt. Diese Veranstaltung ist eine ernste Angelegenheit.

Mandy hat ihr Berufsleben gut im Griff und ist bereit, mehr Verantwortung für die Frauen dieser Welt zu übernehmen. Vor großen Herausforderungen, die einen hohen Einsatz erfordern, schreckt sie nicht zurück.

Ihre Reinigungsprodukte soll die Umwelt nicht belasten. Sie demonstriert ihr umweltfreundliches Wesen, indem sie sich jetzt den Allzweckreiniger in den Mund sprüht, und... uns dabei anstrahlt.

Die Damen klatschen in die Hände. Chorgesang. „Unglaublich."

Mandy will also für ihre Bemühungen entsprechend belohnt werden und setzt sich für den Umsatz selbst ein! Ich fasse es nicht. Dieses durchtriebene Luder. Ich erkenne, dass ihre Marketingstrategie alle überzeugt, bis auf ...

Ich hebe den Zeigefinger für Frage Zwei. „Bekommt man davon auch eine saubere Weste?"

Mein Kommentar stößt auf Unverständnis. Meine Freundin mutiert zum Feind. Wenig später kommt Mandy zum Highlight der Veranstaltung: Eine Toilettenbürste aus Gummi – in Herzform.

Im stillen Örtchen wird die Sinnlichkeit großgeschrieben: Nicht zu riechen, zu schmecken und zu fühlen, das ist für Mandy existenziell. Sie mag es nicht, wenn sein Duft lange in der Luft liegt und noch an ihn erinnert, wenn er schon seit Stunden außer Haus ist.

Die Toilettenbürste weckt mein Interesse. Sie ist praktisch und laut Mandy kommt man damit in die dunkelste Ecke. Das nehme ich ihr sofort ab. Gummi hat das so an sich.

„Sie können das Herz sogar in die Waschmaschine stecken."

„Und mit der Unterwäsche waschen?"

Frage Drei amüsiert Mandy. Hab ich aber Glück gehabt. Sie nickt und grinst. „Oder mit ihrer Seidenbluse."

Die Damen lachen laut, sie sind begeistert.

Humor auf Kosten anderer. Pfui!

Mandys Handy klingelt. Zufall? Eine äußerst zufriedene Kundin meldet sich zu Wort und gibt eine Nachbestellung auf. Für wie dumm hält sie uns?

Mir reicht es. Ich verabschiede mich, trotz der lautstarken Proteste meiner Freundin, die an Mandys

Reinigungstücher für Seiden-krawatten Gefallen gefunden hat. Sie sind nur so groß wie ein Erfrischungs-
tuch – ideal für unterwegs!

Noch immer auf der Suche nach einem Partner ge-
hören die Seidenkrawattenträger zu den Favoriten
meiner Freundin.

MOMMY REFRESH

Die Schönheit ist die Entfaltung von Licht, das aus der Dunkelheit kommt.

Sie sind nicht allein.

Jetzt sind Sie schon wieder ein Jährchen älter geworden. Angeblich behaupten kluge Menschen, dass das Altern Vorteile hätte. Aber soll ich Ihnen mal was sagen? Mir fällt keiner ein.

Gucke ich morgens in den Spiegel, sehe ich die ultimativ letzte Aufforderung, Schadensbegrenzung zu betreiben. Da fragt man sich doch, ob sich die Wirkung des Shiseido-Tiegels nur noch im Preis von eingelegten Gurken unterscheidet. Die kleinen Helfer kosten mittlerweile fast so viel wie das Studium meiner Kinder.

Wie sorgt man bei Männern für einen vermehrten Speichelfluss, ohne dafür kochen zu müssen? Cremen bis zum Umfallen? Zum Chirurgen fahren, um danach auszusehen, als wäre man in einem Windkanal schockgefroren? Oder soll ich mich den Frauen anschließen, die im Älterwerden – also in Blasensenkung und Gekräusel um den Mund, demonstrativ sehr viel Gutes entdecken? Oder vielleicht käme ein Mommy-Refresh infrage? Was das ist? Mommy-Refresh ist der letzte Schrei in der Schönheitsindustrie. Es wurde speziell für Mütter entwickelt, die nach der Geburt wieder so aussehen wollen, wie vor der Geburt. Oder vielleicht sogar noch besser als vorher? Bauch und Busen werden gestrafft, Schwangerschaftsstreifen entfernt, Babyspeckansätze abgesaugt.

Das geht ja noch, werden Sie jetzt denken. Aber das ist NICHT ALLES. Empfindliche Seelen sollten die folgenden Zeilen überspringen. Im Mommy-Refresh-Paket ist eine Vaginakanalstraffung inbegriffen. *Verzeih mir Mama. Hast mich wohlerzogen.*

Vaginakanalstraffung! Mir wird übel. Was glauben diese arroganten Hochglanzskalpellgladiatoren eigentlich, was eine Geburt ist? Allen Ernstes: Waren Sie nach der Geburt Ihres Kindes da unten schlabbrig? Schlabbert es, während Sie durch die Regale im Supermarkt laufen und den Einkaufswagen füllen? Natürlich nicht! So ein Blödsinn. Wer hier schlabbrig durchs Leben geht, ist doch wohl das andere Geschlecht. Warum keine Hodenstraffung, besonders dann, wenn die Glocken länger sind als das Seil!

Schönheitschirurgen haben obskure Checklisten für sämtliche Körperregionen und stellen Ihnen dämliche Fragen. Auch meinen die Bastarde, sich über uns lustig machen zu müssen. Ich habe neulich ein Beratungsgespräch mit einem Beauty-Werwolf geführt. Fallen Sie bloß nicht auf sein Gesäusel rein, wenn der Skalpellfuzzi Ihnen seine Ansichten ans Herz legen möchte.

„Augen informieren uns, was mit uns passiert", begann er. „Oberarme sind die Sparkassenangestellten der Körperteile." Er kneift mir in die untere Seite des rechen Oberarms. „Im Alter gecremt, sehen sie aus wie Flughörnchen in Frauenkleidern."

„Meine auch?", habe ich vorsichtig gefragt.

Jetzt schenkt er mir ein dämliches, seelenloses Grinsen. Äh ...Ich habe das schon mal gesehen. Ach ja, bei meinem Ex. Der hatte eine Junkie-Schublade mit Smarties für jede Stimmung.

„Und warum sollen die Brüste unbedingt die Taille treffen?" Der Typ hört einfach nicht auf. „Sie sollten sich aber eher um ihren Mund kümmern!"

Ich bitte Sie, liebe Freundin. So viel Aufmerksamkeit genießt nur das Liebesleben von Brad Pitt und Angelina Jolie. Aber ehrlich, ihre Lippen sind doch eher eine Hüpfburg. Sollte Brad sie verlassen, kann sie einen Wolf küssen. Nach dem Kuss bleibt immer reichlich mit Hyeloron gesättigtes Fleisch übrig. Da ist es wieder, dieses Grinsen wie für eine Zahnpastawerbung. Was hat der bloß eingeworfen?

Für die Nase hat der Schönheitsspezialist viele Bezeichnungen: Höcker, Haken, Knolle, Stupsnase. „Sie steht immer im Mittelpunkt und ist eine echte Heimsuchung", lautet sein Kommentar, „aber ihre Ohren sind fein raus. Ihre Stärke liegt in der Unauffälligkeit."

Bravo. Besonders empfindlich werde ich, als er meinen Hals erwähnt. Männer glauben, dass der Hals dazu da sei, damit der Kopf nicht runterfällt. Aber die glauben ja auch, wir hätten genug Schuhe. Sie haben keine Ahnung.

Wie neulich diese Douglas-Tante: „Darf ich ihnen noch ein Pröbchen für Hals- und Dekolletee mitgeben?", nervt sie und schenkt mir ihr Douglas-Lächeln, das sehr dem des Beauty-Docs gleicht.

„Der Hals ist das Einzige, das irgendwann am Kinn herumschlabbert." Stimmt. Ein Pluspunkt für den Werwolf. Man kann damit tatsächlich einen Taifun erzeugen. Es reicht ihm aber immer noch nicht. Mr. Beauty schaut auf mein Hinterteil. „Salvatore Dali hat einst behauptet: egal ob straff oder schlaff, durch den Arsch könnten die größten Geheimnisse des Lebens ergründet werden."

Hm ... Salvatore hat recht! Er betrachtet nun meinen Bauch und sein Blick spricht Bände: kissenweich, gewölbt. Aber kann er nicht wenigstens ihre Taille in Ruhe lassen?

„Ihre Oberschenkel? Da reichen zwei Worte: Orangenhautregierungssitz und Reiterhosenhauptquartier." Zum Schluss wird es peinlich. Für ein intensiveres sexuelles Erleben bietet er an, diesen Bereich mit Eigenfett oder Hyaluronsäure zu unterspritzen.

„Das dient wohl eher ihrer Lust", rutscht mir raus.

Der Werwolf ignoriert meine Bemerkung und grinst. „Alles kein Problem. Wir können Sie rundum erneuern."

Ich schlug ihm ein Hodenlifting vor.

Gespräch beendet!

Später laufe ich über den Weihnachtsmarkt, kaufe Baumschmuck, trinke Punsch und esse Reibekuchen, und lächle über den Beautywerwolf.

ARM SEIN

Kein Mensch kann die Grenze zwischen Notwendig-keit und Luxus ziehen. Nur Engel können das. Vielleicht sind sie unsere besseren Gedanken im Raum.
Khalil Gibran

Arm sein. Du weißt nicht, was das ist.

Arm sein wie Millionen in den armen Ländern. Du weißt nicht, was das ist.

Reiß ein Haus ab und bau eine Hütte aus Blech, Eter-nit, Lehm oder Presspappe. Ein Schlafzimmer gibt es nicht und ganz bestimmt keine Hausbar. Statt Sessel und Liegesofa Bretter und Kisten.

Du weißt nicht, was arm sein bedeutet.

Dein Auto, deinen Fernseher, dein Radio abschaffen. Schalte den Strom ab, das Telefon, das Gas, die Was-serleitung. Zeitung, Stereoanlage, Kühlschrank, Kühl-truhe – auch das kommt weg. Wärmende Kleidung gibt es nicht mehr. Wenn du krank bist, ist kein Arzt dar, keine Apotheke und kein Krankenhaus. Wenn du so arm bist, wirst du dann die lieben, die Weihnachten al-les im Überfluss haben?

Arm sein.

Du weißt nicht, wie das ist.

VALENTINE

Casper war von kleiner Gestalt, ein spindeldürrer Pflock mit breiten Schultern, schmalen Hüften und einer struppigen schwarzen Haarmähne. Auch seine Augen waren dunkel, sein Lächeln breitete sich nur zögerlich auf seinem Gesicht aus, aber es wirkte ansteckend. Seine slawische Herkunft war ihm gut anzuhören und noch besser anzusehen, in der grimmigen Entschlossenheit, die in seinen Augen loderte. Als er 1909 in dem kalten Land im äußersten Osten von Russland eintraf, besaß er kaum mehr als die Kleidung, die er trug. Was er vorfand, war ein raues, aber prächtiges, unberührtes Land an der Grenze zu China, mit Seen und sprudelnd weißen Flüssen, an deren Ufern die Spitzen der Zedern- und seltenen Laubwälder in den Himmel ragten und durch die schwarze Erde die knochigen Knie der Granitfelsen schimmerten. Eine einsame und öde Landschaft, in der die Menschen sich mithilfe des pfeifenden Schlages der Axt mit doppelter Schneide und des grausamen Klanges der stählernen Tierfalle ernährten, die zuschnappte, um die wertvollen Tiger zu fangen.

Er wusste nicht viel über sibirische Amur-Tiger, Bären oder das Legen von Eisenbahnschienen. Und als er – nach dem ersten Schnee – den Versuch unternahm, in den plumpen Schneeschuhen zu gehen, stolperte er hilflos wie eine verwundete Antilope. Die Fallenleger und Schienenarbeiter schüttelten nur den Kopf über den störrischen jungen Mann. Was ihn nach Sibirien geführt hätte, fragten sie ihn. Er erklärte ihnen, er sei einfach nur gekommen, um Geld zu verdienen. Sie tranken Wodka und machten sich lustig über ihn, aber nur so lang, bis sie ihm in die Augen sahen und neugierig fragten, wie viel Zeit er denn dafür brauchen würde. Er antwortete mit trotziger Überzeugung, dass er es in zwei Jahren geschafft haben müsse. Er würde im Winter Fallen legen und im Sommer für die russische Eisenbahngesellschaft arbeiten. Die Männer sahen, wie ernst es ihm war, und warnten ihn vor den Gefahren des sibirischen Winters; Temperaturen, die bis 30 oder 50 Grad unter null sinken konnten, dem Wahn, der jemand überkommen konnte, der sich allein und völlig eingeschneit in der Wildnis aufhielt. Sie brachten ihm bei, wo und wie man die Fallen setzen musste, damit sie Profit brachten. Er hörte zu, nickte ernst, denn dumm war er nicht. Er stellte eine Menge Fragen, notierte jede Einzelheit in einem kleinen schwarzen Notizbuch und studierte am Abend beim schwachen Licht seiner Petroleumlampe seine Aufzeichnungen, während die anderen schliefen.

Casper klapperte die Händler ab und merkte sich jedes Detail, bis er die Qualität und den Wert der Felle genauso beurteilen konnte wie alle anderen. Weil die Männer sahen, wie hartnäckig und vehement er seine Informationen einholte, brachten sie ihm auch bei, wie er mit einem Rudel Hunde umgehen musste, wie man ein Tier häutete und ein Fell spannte und wie man Fallen setzte. Einen Monat später kaufte er von dem Rest des Ersparten Vorräte und verschwand.

Die Männer schlossen Wetten ab, ob sie ihn jemals wiedersehen würden. Er könne wohl kaum in der sibirischen Wildnis überleben, behaupteten sie. Wie nahe sie der Wahrheit kamen, ahnte niemand.

Sein Notizbuch verlor er, und er zog sich Erfrierungen zu und fast wäre er ums Leben gekommen. Er wurde am ersten Weihnachtstag von einem Amur-Tiger angegriffen, der in eine seiner Fallen geraten war, schwer verletzt. Drei Wochen war er eingeschneit und vier Tage am Rande des Wahns gewesen. Stimmen in seinem Kopf tuschelten in der Nacht. Im Frühling kehrte er zurück, mit hohlen Wangen, die Augen in tiefen Höhlen und mit dem Gang eines Schlafwandlers. Aber er trug das größte Bündel Felle aus dem kalten Osten Russlands bei sich.

Die Männer aus dem Lager sagten zu ihm, dass nichts auf der Welt die Anstrengung wert gewesen wäre, die er sich selbst auferlegt hatte. Sie sagten auch zu ihm, dass ein Mann mit einem Körpergewicht von knapp einhundert Pfund kaum eine Chance in einem Schienenarbeiterlager hätte, wo Durchhaltevermögen und Muskelkraft für eine Anstellung ausschlaggebend wären. Aber der Vorarbeiter der Gesellschaft war ein Mann mit großer Menschenkenntnis. Dieser sah Casper in die Augen, ohne auf seinen ausgemergelten Körper zu achten, und stellte ihn ein. Casper schwang nun die Axt und legte Schienen. Manchmal war er von der schweren körperlichen Arbeit am Abend zu müde, um zu essen, und während der ersten beiden Wochen wirkten seine Hände wie rohes Fleisch. Aber er beklagte sich nie.

Als die Schienenarbeiter sahen, dass der Griff der Axt blutig war, wollten sie ihm die Arbeit abnehmen, doch er stieß sie beiseite, biss die Zähne zusammen und schuftete weiter. Und wenn er später auf seiner Pritsche in der Holzbaracke lag, starrte er auf das Foto eines Mädchens, das er in seiner Hand hielt. Ein hübsches Mädchen mit großen Augen, das ihn selbstsicher ansah, den Kopf hocherhoben. Und dann schaute er auf seine zerschundenen Hände und betete leise, dass sie schnell abheilen sollten. Denn das Mädchen auf dem Foto war jung und schön und sie würde nicht ewig auf ihn warten.

Sie hatte ihm nicht einmal versprochen, dass sie warten würde. Aber er hatte so ein seltsames Gefühl und er täuschte sich nie, wenn es um Gefühle ging.

Er hatte sie in Slowenien bei einem Picknick kennengelernt, und als sich ihre Blicke getroffen hatten, hatte sein Herz gerauscht und in seinem Kopf war alles strahlend hell und klar geworden. Sie hatten nicht viel gesprochen. Die Zeit war zu kurz. Aber ihre Hände hatten einander berührt und sie hatten sich tief in die Augen geschaut. Schließlich hatte er kurz und entschlossen gefragt: „Bist du schon jemanden versprochen, Lara?"

Sie war errötet und hatte die Pracht ihrer blauschwarzen Haare aus dem elfenbeinfarbenen Gesicht geworfen, und ihre melodische Stimme hatte sanft geklungen. „Ja und nein. Ich bin noch unentschlossen. Hast du denn die bestimmte Frage in Erwägung gezogen, Casper?"

Er hatte mit ernster Miene genickt. „Ja, das habe ich, aber ich habe dir nichts zu bieten." Dann hatte sie gelächelt, während ihre ebenmäßig weißen Zähne in der Sonne schimmerten.

„Es gibt solche, die haben viel und es gibt solche, die haben wenig, aber ein Mann, der nichts hat, bin ich noch nicht begegnet."

Daraufhin hatte er seine Hände lange betrachtet und irgendwann gesagt: „Ich spüre das Feuer in mir. Und ich habe gehört, dass Menschen mit einem starken Willen viel erreichen können, aber das braucht Zeit."

Sie nickte. „Das ist so. Ein Winter ist lang, aber ich glaube, er wird dieses Jahr schnell vergehen. Casper Sakic wird sich wohl beeilen, vermute ich."

„Wirst du einem Glauben schenken, Lara, der dir – obwohl er dich kaum kennt –, sagt, dass er dich von ganzem Herzen liebt?"

Sie warf ihren Kopf in den Nacken.

Wie schön sie doch ist, dachte er da. Und ihre Haut, so zart. Ihre dunklen Augen schenkten ihm den Hauch eines Lächelns, und sie sagte: „Ich habe gelernt, keinem von euch zu trauen. Ihr seid fähig, jedem Mädchen den Kopf zu verdrehen." Aber dann wurde ihre

Stimme sanft: „Ja, Casper, da ist etwas in deinen Augen, das mir sagt, dass du es ernst meinst."

Kurz darauf hatten sie sich getrennt. Sein Schulfreund Branislav, der als Journalist arbeitete, hatte ihm das Geld für die Bahnfahrt geliehen. Er war nach Sarajewo gefahren, um sich einen Pass ausstellen zu lassen und hatte unmittelbar danach eine russische Eisenbahngesellschaft aufgesucht. Er hatte während der Fahrt nach Sibirien als Maschinist geschuftet, und in Russland angekommen, hatte er mit den Fellen und der schweren Arbeit in diesem Eisenbahnlagercamp innerhalb eines Jahres viertausendsiebenhundert Dollar gespart. Geschrieben hatte er Lara nur ein einziges Mal. Ihre Antwort war jetzt zerknittert und mittlerweile verblasst, aber er kannte jedes Wort in- und auswendig. Sie hatte nicht geschrieben, dass sie auf ihn warten würde, aber dass es da auch keinen anderen gab. Noch ein Jahr musste er sich gedulden. Nur noch ein einziges Weihnachtsfest in der Wildnis, dann konnte er ihr zwar weniger bieten, als sie verdiente, aber wesentlich mehr als dieses Nichts vor seiner Abreise. Der Gedanke war beklemmend und tröstlich zugleich.

Das darauffolgende Jahr lief nicht besonders gut, weil er feststellte, dass er einen ganzen Winter nicht würde durchhalten können. Er kehrte früher aus den Wäldern zurück, mit nur halb so viele Tierfellen wie das erste Mal. Aber er erhielt für die Pelze immerhin zweieinhalbtausend Dollar. Er legte den größten Teil des Geldes auf einer Bank in Wladiwostok an und kaufte von dem Rest des Geldes Postkreditbriefe, und kehrte im Frühjahr nach Slowenien zurück. Es war Ende April, die Narzissen durchbrachen die Scholle. In dem Dorf wartete er an der Schulpforte.

Als Lara ihn erblickte, fuhr sie ihre Hand an die Kehle und biss auf ihre Lippen, dann rieb sie sich die Augen, als wäre ein Staubkörnchen hineingeraten, und sie sagte: „Da bist du endlich."

Als er sie betrachtete, in der Sonne, die ihr Haar, von dem er so oft geträumt hatte, leuchten ließ, brachte er kein Wort über seine Lippen. Tief in seinem Brustkorb hörte er wieder dieses stürmische Rauschen, und er blieb stehen wie ein Schuljunge, bis sie auf ihn zukam und seinen Arm nahm.

Sie gingen nebeneinander, sprachen kein Wort. Sie verließen das Dorf, liefen über die Felder bis zu dem Hügel, von dem das Tal unter ihnen grün und sanft war und das Dorf einer Puppensiedlung glich. Und noch immer konnte er es nicht fassen, dass er ihre Hand hielt, ihre Zartheit unmittelbar neben ihm war, und ihr Duft, der ihn schwindlig werden ließ und dafür verantwortlich war, dass er kein Wort über seine Lippen kam.

Sie setzten sich auf einen umgestürzten Baumstamm, und weil ihm nichts einfiel, was er hätte sagen können, nahm er seinen Bankauszug und die Reiseschecks aus seiner Hosentasche und legte sie auf ihrem Schoß. Aber sie beachtete beides nicht. Sie schaute stattdessen ihn an und ihre Augen blickten voll Zärtlichkeit, weil ihr auffiel, wie mager er war und die große Narbe über seine Wange sah, die er einem Vielfraß verdankte. Diese zwei Jahre hatten tiefe Furchen in seinem Gesicht und dunkle Schatten unter seinen Augen hinterlassen. Und sie flüsterte: „Es ist ein großes Geschenk, das du für jemanden wie mich, mitgebracht hast."

Er begriff die Tragweite ihrer Worte erst, als sie die Reiseschecks und den Bankauszug wieder zusammenfaltete und ihm zurückgab – ohne einen Blick darauf zu werfen. In diesem Moment geschah etwas mit ihm, er spürte den Klos in seinem Hals, die aufkommenden Tränen, ihre Arme, die ihn hielten, als er hemmungslos weinte, und auch sie schmeckte das Salz ihrer Tränen, weil sie den Mann gefunden hatte, mit dem sie bis ans Ende der Welt gehen würde.

Casper schob die Erinnerungen an Kälte, Wahn und Einsamkeit beiseite und richtete seine Aufmerksamkeit auf das Hier und Jetzt. Er erzählte ihr von dem Land, wo er gewesen war; von den grünen Wäldern und den

Granitfelsen und dem furchtbaren dunklen Boden und den Seen und Inseln und der einsamen Schönheit.

Sie antwortete nur: „Zeig es mir."

Er sah sie an. „Aber zuerst musst du einwilligen, mich zu heiraten."

Da kehrte ihr Lächeln zurück. „Das habe ich schon beim aller ersten Blick getan", sagte sie. „Wenn du damit meinst, dass ich die Worte aussprechen muss, dann wollen wir das tun."

Und die Worte wurden ausgesprochen. „Um uns zu lieben, zu ehren und zu gehorchen, bis dass der Tod uns scheidet." Und er küsste sie zum ersten Mal. Er hielt sie für die schönste Braut. Die weißen Spitzen ihres Schleiers wirkten weißer denn je über ihrem blauschwarzen Haar, und die Farbe ihrer Wangen war lebhafter als sie rosa Blüten in ihrem Arm, und in ihren Augen lag eine Seligkeit, die der Verstand nicht mehr begreift. Sie flüchteten sich durch einen Regen von Reiskörnern, Schuhen, Umarmungen und Glückwünschen, und fuhren zum Bahnhof.

Einen Monat später standen sie auf einer anderen Anhöhe. Vor ihnen dehnten sich die breiten, immergrünen Hügel bis zum Horizont hinaus, unter Wolkenbergen, die der Wind über den Himmel schob. Im Tal schimmerte die Sonne auf einem tiefblauen See. Die Luft roch nach Tannen und wilden Blumen. Lara zitterte innerlich, so großartig war das Bild, das sich ihr bot.

Casper deutete auf eine kleine Waldlichtung unter ihnen, wo junge Bäumchen, Margeriten und Butterblumen wuchsen. „Dort", sagt er.

Lara nickte mit strahlenden Augen. „Ja, dort."

Er legte den Arm um ihre Schultern und zog sie an sich. „Ich will aber nicht, dass du mir zuliebe da bleibst. Du hast immer noch Zeit, es dir zu überlegen. Du sollst sicher sein, dass es das ist, was du willst."

Lara blickte lange in die Weite. Dann antwortete sie: „Das ist alles, was ich will."

„Es wird kein leichtes Leben. Im Winter sind wir wochenlang vom Schnee eingeschlossen, und die Temperatur sinkt bis auf 40 Grad."

Laras Blick schweifte über die Heerscharen von Tannen, die bis zum Horizont reichten, schenkte ihm ihr helles Lachen und antwortete: „Nun, an Brennstoffen wird es uns nicht fehlen, um uns warmzuhalten."

„Du wirst auf einem Holzherd kochen müssen. Und es gibt keine Wasserleitung, überhaupt keine Bequemlichkeiten."

„Möchtest du mir vielleicht den Mut nehmen?"

Er lächelte in seiner langsamen Art, sodass um seine Augenwinkeln Fältchen erschienen. „Du weißt ganz genau, was ich möchte, mein Herz."

In dieser wilden Einsamkeit wurde am 14. Februar seine Tochter geboren, in dem riesigen Himmelbett, das sie aus Slowenien mitgebracht hatten. Ein Arzt war nicht dabei, denn Valentine kam kurz nach Mitternacht zur Welt, und die neu gebaute Holzhütte steckte bis zu den Fenstern im Schnee. Casper hörte den ersten Schrei des Babys, als er zwischen dem sprudelnden Wasserkessel in der Küche und den Geburtshilfebüchern, die auf dem Esszimmertisch lagen, hin und her eilte. Er stürzte herbei, nahm das rote Bündel und band die Nabelschnur ab, wie er es in den Büchern gelesen hatte. Dann badete er seinen Sohn und legte ihn in weiche Flanelltücher. Er blickte auf das zusammengekniffene Gesichtchen, die fleckige Haut und die fest geschlossenen Augen, und er wusste, warum er ein Mann war und warum er diese eine Frau gewählt hatte. Er betrachtete das Neugeborene vom Kopf bis zu den winzigen Zehen. Voll Staunen und Entzücken sah er auf sein Kind. Er fand es vollkommen.

Später...

Draußen verwässerte erstes Morgenlicht das Nachtschwarz des Himmels. Eisige Kälte schlug ihm entgegen, als er die Holztür für einen Moment öffnete. In der

Ferne heulte ein Wolf. Rasch schloss er die Tür und ging wieder ins Schlafzimmer.

Behutsam nahm er seinen Sohn aus den Armen seiner Mutter und trug ihn durch das Zimmer. Er legte ihn vorsichtig in die Wiege und deckte den Kleinen zu. Als er zum Bett zurückkehrte, war Lara eingeschlafen.

Er blieb lange stehen, ohne sich zu bewegen. Ihr dunkles Haar lag offen auf dem Kissen, ihre sanft gebogenen Lippen waren etwas blass vor Erschöpfung. Dann blickte er wieder zur Wiege, die seit Monaten leer gestanden hatte und in der nun ein kleines Leben friedlich atmete.

Und er beugte sich über Lara und küsste sie zart auf die Stirn, und das war der eigentliche Anfang.

Sie öffnete ihre Augen. „Deine Küsse sind leicht wie Luftballons", flüsterte sie und lächelte. „Ich will mehr davon."

ALLER UMFANG IST (NICHT) SCHWER

Die Donaudampfschifffahrtsgesellschaftskapitäns-witwe sah mit 63 Buchstaben neben dem Rindfleische-tikettierungsüberwachungs-aufgabenübertragungsge-setz alt aus. Das bislang längste Wort und Liebling der Sprachforscher hat ausgedient.

Wie wär's mit Immer-mit-Süßigkeiten-bereitste-hende-Gewichts-zunahmeanimateurin? Weil dieses Wort auf viele Menschen zutrifft, die Schokolade und Törtchen mögen, wie auch Susi Lecker.

Susi ist eine mollige Frau, die mit Witz und Humor ein ganzes Dorf zum Lachen bringt. Wenn Susi das „Café Wichtig" betritt und ihre Tasche auspackt, hören Sie ihre Hüften beim Anblick der vielen Leckereien wachsen.

Sie wird immer etwas für Sie bereithalten und schert sich einen Dreck um die Regel: freitags nie!

„Gerade der Freitag, an dem Jesus gestorben sein soll, dieser elendige Freitag, der den gläubigen Katho-liken Fisch statt Fleisch beschert hat, den muss man sich doch versüßen", sagt Susi und schiebt sich ein Törtchen rein. „Spinat schmeckt auch am besten, wenn man ihn kurz vor dem Verzehr durch ein großes Steak ersetzt."

Recht hat sie, die Susi. Richtige Männer stehen auf Kurven. Nur Hunde spielen mit Knochen.

Was hat denn dieses Mädchen, was wir nicht haben? Ah ... da fällt mit etwas ein. Susi ist erstens absolut beratungsresistent und zweitens überhaupt nicht daran interessiert, mit irgendetwas fertigzuwerden. Das gilt insbesondere für den Haushalt. Ihre Haushaltshilfe bekommt 10 Euro die Stunde – mit Handschuhen, ohne hätte Susi ihr 15 Euro zahlen müssen. Klingt irgendwie nach Bordellsex. Bügeln geht aber besser ohne Gummi.

Haben Sie auch Freundinnen, die ihre Pfunde lieben? Susi liebt ihre Kurven. Ihr Mann auch. Die Kleidergröße ist aber manchmal ein Problem, denn Susi liebt Designerfummel. Aber Designer lieben Hungerhaken. Deshalb kauft sie gerne das eine oder andere Designerteil gleich zweimal und lässt es von der Dorfschneiderin körpergerecht vollenden. Ist natürlich ein bisschen teurer. Demzufolge kommt es vor, dass Susi sich manchmal fragt: Warum ist am Ende des Geldes noch so viel Monat übrig?

Doch Susis Motto lautet: Talente finden Lösungen, Genies entdecken Probleme. Wir möchten nicht, dass Susi Lecker nur ein Gramm abnimmt. Wir zeigen uns solidarisch und essen Törtchen und andere Leckereien.

Und Sie, liebe Leser?

Ist es nicht besser, zu genießen und zu bereuen, als zu bereuen, dass man nicht genossen hat? Gönnen Sie sich ab und zu auch mal ein Törtchen oder ein Stück Schokolade. Schokolade macht glücklich.

AB IN DEN URLAUB

Billigflughysterie

Jo und Tobias haben ein Partnerschaftsproblem und Jo möchte während der Ferien der Sprachlosigkeit ihrer Beziehung entkommen.

„Das ist nett von dir, dass du mich zum Flieger bringst, Tobias."

„Ich dachte, das sei eine ganz gute Methode, meine Billigflughysterie zu bekämpfen."

Jo zuckt die Schulter. „Hör auf, ich hab's nicht so dicke wie du."

Ihr Geplänkel hat sie aufgehalten und in letzter Sekunde erreichen sie den Last-Minute-Flugschalter.

Jo stutzt. Da steht: „Für Männer. Was soll das denn?" Sie reicht der Dame am Schalter ihr Ticket und fragt höflich nach. Sie erklärt Jo, dass dies der Schalter für Geschäftsreisende sei und das seien ja nun mal Männer.

„Ja, was bin ich denn dann? Eine Pauschal-Uschi? Einmal Dom Rep und zurück?", schnauzt Jo sie an. „Und Frauen fliegen nur so herum, oder was?"

„Wie früher als Hexe auf dem Besen!", knurrt Tobias und erntet einen Seitenhieb.

Jo rümpft die Nase und reißt der Dame das Ticket aus der Hand. *Blöde Gans.*

„Berlin ist doch das Reiseziel und wir wohnen in dieser tollen Stadt. Wozu also weg? Du sparst Kohle, verpestest nicht die Umwelt, wirst am Strand nicht übers

Ohr gehauen und hast auf meiner Sonnenbank Urlaub pur!", meint Tobias.

Kennen Sie den Moment, liebe Leser – den berüchtigten Moment, wenn Ihnen der Atem stockt? Hirn an Lunge: Atmen vergessen. Nein, Sie atmen nur langsamer ein – aus – ein – aus. Technisch gesehen ist es tatsächlich nicht möglich, das Atmen zu vergessen. Halten Sie die Atmung an, Sie könnten sonst womöglich sterben. Wollen Sie das? Sterben? Vor dem Abfertigungsschalter der Happy Air?

Nein! Sie werden feststellen, auch das mit dem Atem anhalten klappt nicht. Ihr Blut braucht Sauerstoff. Lunge an Hirn: Schalte das Zwerchfell ein! Sie atmen ein, Sie atmen aus, ob Sie wollen oder auch nicht. Wobei Sie natürlich meistens wollen. Dennoch, in Momenten wie diesen stockt Ihnen der Atem. Ihr Hirn ist kontraproduktiv. Die Botenstoffe ihrer Synapsen springen wild umher und lösen Empfindungen wie „Killing him softly" aus.

Jetzt ist jeder Atemzug ein unüberwindbares Hindernis, ein Kraftakt Ihrer Lungen. Und obwohl Ihr Körper Gehorsam leistet, haben Sie das Gefühl, ihm dabei kräftig unter die Arme greifen zu müssen, während Ihre Gesichtsfarbe Ihr Wechselbad der Gefühle preisgibt.

„Ich muss einfach mal raus", schnaubt Jo wütend. „Ich will mal was anderes sehen. Diese Stadt geht mir Ostern besonders auf die Nerven!"

Tobias startet erneut einen Versuch, um Jo zu besänftigen.

„Schreib mir wenigstens eine Postkarte."

„Nein! Nicht mal eine SMS schicke ich dir von meiner Supersparreise, aber du könntest mir doch ein Zurückgebliebenenprotokoll schreiben, jetzt wo du dich ohne mich langweilen musst."

Tobias reibt sich den Bart. „Sonne und Meer sind ja ganz schön. Aber alles ist so primitiv im Urlaub, vor allem die Touristen – und nach ein paar Tagen ist man total verblödet vom vielen Nichtstun", sagt er und schaut angesäuert auf die Anzeigetafel. „Da würde ich lieber nach Warschau, Istanbul oder Helsinki fahren."

Jo schnaubt verächtlich. „Pah! Städte, da kann ich ja gleich hierbleiben."

„Sag ich doch."

„Ich mache meinen Billigbildungsurlaub am Strand, basta! Endlich kann ich all die liegen gebliebenen Bücher lesen: Three woman, Der Sprung, Die Kakerlake, Dostojewski und insbesondere Simplify your life, Teil eins und zwei."

„Ich hoffe, du hast auch Maria Stuart im Gepäck!"

„Ja! Du solltest endlich deinen dämlichen Dreitageziegenbart stutzen!"

Sprach's und war weg – verschwunden in den Billigflieger, und aus Tobias' Leben.

Warum so rigoros, fragen Sie?

Jos Lungen möchten atmen und das ganz bestimmt nicht auf der Couch eines Psycho-Arztes, der sich wie ein Popstar aufplustert und behauptet, eine Depression wäre nur ein fucking Event!

DER MENSCH AUS ÜBELACKER

Ein Lächeln kann viel Bitteres in Luft auflösen.

Der Morgen

Ich heiße Bernhard Fies und bin der Jobvermittler JV 1A beim Arbeitsamt Übelacker. Im Amt behaupten meine Kollegen, dass Lachen gesund sei oder die beste Medizin, um die Arbeitssuchenden zu motivieren. Für mich sind das Sätze wie Binsenweisheiten.. Sie haben keine Berechtigung – für mich, denn ich bin stets schlechtgelaunt, und das gern. Lachen ist einfach nur ekelhaft, und geht schon gar nicht in meinem Job.

Gelotologie wird die Wissenschaft genannt, die sich mit den körperlichen wie psychischen Auswirkungen von Lachen beschäftigt. Neulich habe ich im Netz recherchiert, welche Wissenschaft sich mit der schlechten Laune beschäftigt?

Keine! Eine Schande! Ein Skandal!

Ich wünsche mir sehnlichst, dass ein humorloser, schlecht gelaunter Mensch mal ein Star wird. Ein Superstar. Vielleicht würde sich dann mal jemand mit der schlechten Laune beschäftigen. Ihre Kultur ist untergegangen.

Heute haben die Figuren auf den Bildschirmen, im Netz und weiß Gott wo sonst noch, gefälligst super gut drauf zu sein, das heißt nicht zwangsläufig nett und lieb, aber bitte bloß nicht „schlecht gelaunt".

Wenn einer „übel gelaunt" rüberkommt, ist das fast schon sein mediales Todesurteil, da mag er noch so viel auf dem Kasten haben und noch so viele Gründe für seine schlechte Laune.

Im echten Leben trifft man die Schlechtgelaunten natürlich immer noch – in der Türkei oder hier bei uns in Übelacker. Dort sind wir unter uns: Stinkstiefel, Weltverächter und Misanthropen. Sie begegnen uns in der Familie, im Büro und im Fahrstuhl, auf dem Arbeitsamt, und leider wird ihre Lebenshaltung selten durch die Prise Humor veredelt, die schlechte Laune unterhaltsam machen kann.

Ich wurde in Übelacker geboren, mit einem genetisch bedingten Defekt, dem sogenannten Kleinwuchs, der auch meinen Gesichtsausdruck erklärt. Er ist derart düster und eingefroren, dass mein Gegenüber befürchten muss, innerhalb der nächsten Sekunde eine gewischt zu bekommen.

Ich bin ein Troll, ein Prolo par excellence. Ich liebe den Regen, meide die Sonne, spucke auf den Bürgersteig, kratze mich in der Öffentlichkeit am Sack und beschimpfe grundlos Kassiererinnen, Bankangestellte, Arbeitsuchende und was da sonst noch draußen herumläuft. Während der Autofahrt tippe ich mir im Minutentakt mit Vorliebe an die Stirn, weil nur Idioten den Straßenverkehr bevölkern. Ich vergifte hügelproduzierende Ungeheuer, die meinen Rasen umgraben. Ein Maulwurf im Garten – Nein! Da benehme mich wie ein Tjchüssikuss: Weg damit! Erwische ich den Köter meines Nachbarn in meiner Einfahrt beim Kacken, knalle ich ihn ab, wie neulich seine Tauben.

Ich bin ein Kotzbrocken, der unbesorgt um sozialen Status den Vorkämpfer macht. Mein miesepetriges Aussehen mag auch daran liegen, dass ich eine Zangengeburt war. Mein Kopf ähnelt einem Zäpfchen, nur dass ich niemand in den Arsch krieche. Ich trete lieber dorthin. Nur eines verstehe ich nicht: Ich mache mit meiner schlechten Laune sehr vielen Menschen gute Laune. Sie schütteln den Kopf und grinsen, wenn sie mich sehen.

Ich bin ein Scheißkerl, der vorlebt, was viele sich insgeheim wohl wünschen. Einfach mal eine Fresse ziehen, nicht so tun, als würde das Leben Spaß machen.

Humor ist echt Scheiße. Wenn einer grinst, dann bediene ich mich meines Ekelwortschatzes und mache ihn fertig.

Ich feiere heute meinen fünfundsechzigsten Geburtstag und den Todestag meiner Schwester. Sie hat mir vor einem Jahr ein kleines Vermögen hinterlassen, obwohl ich sie wie einen Fußabtreter behandelt habe. Sie stand wohl auf den Fetisch. Meinen letzten Arbeitstag muss ich auch heute überstehen – irgendwie. Bei meiner Geburtstags- und Abschiedsfeier im Amt werde ich denen auch keine heitere Miene zeigen. Denn beim Lachen werden mehrere hundert Muskeln bewegt, wovon man Falten bekommt. Ein Gesicht voller Lachfalten – widerlich! Davon laufen viel zu viel herum. Das bedeutet, dass diese Leute tatsächlich Spaß haben. Ich habe nur zwei Falten – zwischen den Augen. Zornesfalten! Ansonsten bin ich glatt.

Warum braucht meine Umgebung gerade mich, um diese einfache Wahrheit zu transportieren? Ich lasse mir von denen meine schlechte Laune nicht verderben! Kapiert?

Und jetzt gehe ich zum Amt. Hoffentlich hat die fette Jobvermittlerin, die sich mit mir ein Büro teilt, zum Abschied keinen Kuchen gebacken.

Tagsüber

In der arbeitsvermittelnden Anstalt dröhnt Wagners Walkürenritt aus der Stereoanlage. Ich schalte das Licht ein und betrete in meiner Funktion als Jobvermittler JV 1A den Wartebereich. Meine fette Kollegin entrollt zwei rote Banner mit dem weißen A für Arbeitsamt in der Mitte, darunter steht der Slogan: Die Zukunft anpacken. Das bringt mich weiter.

Das wollen wir dann mal sehen.

Kurz darauf setze ich mich an meinen Tisch, während ich Sandy und Resi, die beiden wartenden Arbeitsuchenden begrüße.

„Guten Morgen, ihr Maden!"

„Guten Morgen, Herr Übel", antworten die Arbeitsu-chenden.

„Wen haben wir denn heute da ... Ah ja, die Resi von unserer städtische Besamungsstation. Na? Mal wieder ein Braten in der Röhre?"

„Nein, Herr Übel.", antwortet Resi.

Ich setze meine finsterste Miene auf. „Ja, Mensch, ham se mal nicht bei jedem Yusuf die Beine breit ge-macht? Glückwunsch."

Resi ist empört. „Hey, das is voll unfair. Ich hab mein Arbeitslosengeld nicht gekriegt. Ich brauch das doch."

„Ja, ja, klären Sie das mit meiner Kollegin Chantal, JV 2", knurre ich, knalle den Stempel auf das Melde-formular für Arbeitssuchende. „Und tschüss. So, wer ist denn noch da. Ah, jemand Neues."

Chantal reicht mir eine Akte. „Sandy S. Und direkt aus der JVA, wie ich hier sehe."

Ich werfe einen Blick in ihr Vita-Büchlein. „Bravo, da ham se ja was aus Ihrem Leben gemacht. Sie werd ich dann wohl noch öfter sehen. Gehen se da mal rein. Sie sind zuerst dran."

Ich zeige mit dem Finger auf meine Bürotür.

„Jawohl, Herr Übel", antwortet Sandy.

Ich packe die Akten und steh auf. „Kommt morgen wieder, mir reicht's, ihr Maden!"

Die anderen Arbeitssuchenden erstarren. Freeze.

Ich betrete mein Büro. „So, eh ... Sandy. Setzen Sie sich, setzen Sie sich. Sie sind ein harter Fall. Is Ihnen klar, ne? Vier Jahre Gefängnis sind dem potenziellen Arbeitgeber nicht leicht zu vermitteln. Mannomann, Sie sind mir vielleicht ein Früchtchen. Aber wir machen das schon."

Sandy starrt auf ihre abgeknabberten Fingernägel. „Danke."

„Aber einfach wird das nicht. Is Ihnen klar, ne?"

„Ja", antwortet Sandy.

„Sie müssen verstehen, dass wir Sie irgendwie wieder an die Arbeit kriegen müssen. Da können Sie nicht wählerisch sein. Is Ihnen klar, ne?"

Sandy nickt.

Ich genieße es in Dreck herumzuwühlen und mache weiter. „Und Sie kommen gerade aus dem Gefängnis, das macht's nicht leichter. Also, wir müssen jetzt sehen, wie wir dem Arbeitgeber zeigen, wo ihre Stärken liegen. Sie haben also ihr Neugeborenes in eine Mülltonne geschmissen und wurden dabei beobachtet. Ja, wenn man so was macht, dann sollte man sich nicht erwischen lassen, ne?"

Sandy steht kurz vor einem Tränenausbruch. „Ich war jung und völlig überfordert, ich wusste nicht, was ich tun soll. Ich bereue ...“

Herrje. Ich falle Sandy ins Wort und laufe zu Höchstform auf. „Ja, ja. Hilft jetzt nix, wir müssen die positiven Seiten sehen. Es zeigt sich eine gewisse eh ... Problemlösungskompetenz. Würden Sie sagen, dass Sie solche schwierige Herausforderungen immer so schnell und effizient meistern?"

Sandy ist entsetzt. „Wie bitte?"

„Sie scheuen sich nicht, schwere Entscheidungen zu treffen. Haben sie das allein gemacht?"

„Ja", sagt Sandy leise.

„Aha, selbstständiges Arbeiten. Hatten Sie keine andere Idee, was sie mit dem Kind hätten machen können?"

„Mei ... meine O... Oma, aber ...", stammelt Sandy.

„Aha, mehrere Optionen. Flexibilität. Sie haben sich aber für die effizientere Methode entschieden. Effizientes, flexibles, selbstständiges Arbeiten. Sehen Sie, so muss man an die Sache rangehen."

Sandy verlässt mein Büro. Sie schließt die Tür nicht hinter sich. Gut.

„Und wo bist du jetzt, Resi?", höre ich Sandy fragen.

„Ich muss in den Penny-Markt."

„Ich will auch Penny", sagt Sandy und blickt zu der fetten JV2-Chantal, die gerade ihr Büro abschließt, um mit mir ihre Mittagspause anzutreten. „Eh, hallo, ich will auch Penny."

Chantal zuckt die Schulter.

„Wo fängst du denn an, Sandy?", fragt Resi.

„Weiß ich nicht. Herr Übel hat noch nix gesagt."

Später ...

In der Kantine bietet Chantal mir ein Stück selbstgebackene Torte an. „Und welche Maßnahmen hast du für die beiden getroffen?", erkundige ich mich, während ich das Gesicht verziehe und den Kuchen beiseiteschiebe.

„Resi steck ich ins Lager. Kisten schleppen", antwortet Chantal. Die ist sowieso in zwei Wochen wieder da. Und Sandy, du weißt schon, die, die ihr Kind in die Mülltonne geworfen hat, arbeitet jetzt beim ekelhaften Fettsack im Penny-Markt. In der Kita suchen sie gerade nichts."

Wir lachen gehässig. JV2-Chantal ist eben meine beste Schülerin.

Übrigens ...

Mein Wunsch, dass ein humorloser, schlecht gelaunter Mensch mal ein Star wird ging in Erfüllung. Die Welt bekam Donald Trump – ein Superstar.

DIE SCHAFSFRAU

oder Der Tod im Apfelbaum

Sechzig Jahre und Witwe! Na und? Was soll dieses Gerede um eine Zahl und das Theater. Frau hat doch Freundinnen – die sind natürlich auch verwitwet.

Verwitwete Freundinnen gleichen Alters können Sie in drei Kategorien einteilen.

Die Klatschbase: „In deinem Alter ist die Auswahl klein."

Die Lügnerin: „Du siehst doch noch gut aus."

Die Mistgabel schweigt. Sie ist die Schlimmste. Sie ist die klimakterisch geschädigte Witwe.

Sie sollten tunlichst vermeiden, es sich mit der Letztgenannten zu verderben, denn dann schlägt sie erbarmungslos zu: „Ich mein' es doch nur gut mit dir. Ich bin auch ohne Mann zufrieden mit meinem Leben."

Vorsicht ist geboten, denn sie ist die Freundin, die Sie in die Einsamkeit lockt, und irgendwann finden Sie sich als Tod im Apfelbaum wieder. Diese Freundin schließt in Wahrheit jeden Abend die Tür hinter sich zu und bemitleidet sich, weil sie den Abend mal wieder alleine und ohne Mann verbringen muss. Sie ist jene, die keinen auftreiben wird und anderen ihr Glück neidet.

Was schenken Sie einer solchen Frau? Ein herzförmiges Stück Seife aus Schafsmilch? Nein, bitte nicht, denn dann wird diese Freundin sie ununterbrochen davon überzeugen wollen, dass Sie sich fragen …

Bin ich ein Schaf?

Bin ich blöd?

Bin ich ein herzensgutes Schaf?

Bin ich eine Herzschafsfrau?

Seien Sie doch mal ehrlich. Sie ist die Witwe eines Schafbocks, der herzlos war. Deshalb wird die klimakterisch geschädigte Witwe immer eine Freundin im Schafspelz sein. Oder der Tod im Apfelbaum …

LEONCE UND LENA

Die Liebe stirbt nie eines natürlichen Todes ...: sondern an Erziehung, Vernachlässigung, Nachlässigkeit, Blindheit, Gleichgültigkeit, Selbstverständlichkeit, Unverstand und sie zudem in ein Korsett zu zwängen und nicht zu kultivieren, ist ein tödlicher Fehler.

Leonce und Lena ist eine Komödie von Georg Büchner, die aber nicht eindeutig als Lustspiel verbucht werden kann, sondern eher als eine unter dem Deckmantel harmloser Fröhlichkeit verpackte Satire verstanden werden sollte.

Ich habe da so meine eigene Vorstellung von dem Stück, in dem ein melancholischer, traumversunkener Prinz vor die vollendete Tatsache gestellt wird, dass er seine Traumfrau finden muss.

Manchmal braucht eine Entscheidung Zeit, manchmal trennt sich ein Paar, obwohl es sich liebt. Eine solche Trennung schmerzt und es hat – wie Leonce und Lena – „Frühling auf den Wangen und Winter im Herzen". Doch dann starten die beiden einen zweiten Versuch, ein erstes Treffen nach langer Zeit. Vielleicht ist es dieser besondere Moment im Leben, an dem die Entscheidung unverhofft kommt, ausgelöst durch ...

„Ich liebe dich", sagte er plötzlich.

„Dito", antwortete sie.

Warum fiel ihr nichts Besseres ein, als dito zu sagen? So etwas Blödes. Ihr kam einfach nichts anderes in den Sinn. Sie hatte in diesen Dingen keine Übung mehr.

Doch plötzlich küsste er sie und es war irgendwie wie ein kleiner Überfall. Schüchtern, klar, liebevoll.

Beim Abschied umarmte er sie. Nicht einmal, sondern zweimal. Sie haben es alle gesehen.

Am Abend liegt sie in ihrem Bett und weint.

Sie weint. Endlich kann sie wieder weinen.

Sie weint, weil sie seine Liebe verloren wähnte.

Sie weint, weil sie seinen flüchtigen, überfallartigen Kuss schön fand.

Sie weint, weil sie nicht glauben kann, es nicht für möglich gehalten hat, sich wieder zu öffnen und ihn in ihr Herz zu lassen.

Und er …

Er weint, weil er ihre Liebe vermisst – sie so sehr vermisst hat.

Er weint, weil seine Welt ohne ihre Liebe zusammenbricht.

Er weint, weil er sich wieder verliebt hat, in diese wunderbare Frau.

Weil er ihre Sanftheit und die flüchtige Berührung ihrer Lippen auf seiner Haut noch immer spürt.

Diesen kurzen flüchtigen Augenblick, der ihn endlich aufwachen ließ.

Er ist selig vor Glück.

Sie haben nun auch den Frühling im Herzen.

Liebe, liebe LeserInnen, ist der Duft von Magnolien.

Liebe … wohin wird sie Sie führen?

Fragen Sie sich das auch schon mal?

VERÄSTELUNG

Verästelung, die Stärke der Seele,
stillschweigend, geheimnisvoll, dunkel,
ein Sprössling Blätter,
aus dem Samen des Lebens.
Sie bewältigen Qual,
sind Poesie und Paranoia,
das Delirium der Männer.
Verlieren sich in den Dschungel der Sinne,
ebnen die Seele des Giftes,
sprießen,
ihre Mischung von Stimmen,
erreicht unser Fleisch,
und entreißt das dunkle Stöhnen.

DER MANN,
VON DEM SIE TRÄUMTE...

Sie las seine Briefe immer wieder... Zeilen, die eine Damalstür öffnen und die ihre Sehnsucht nach ihm einst angefacht hatte.

Welche Frau erinnert sich nicht gern an ihren ersten Liebesbrief? Wie sorgfältig sie das Papier auswählte, den Stift handhabe, die Worte suchte, immer wieder neu begann, bis alles vollkommen schien, wie sie den Brief der Post anvertraute und mit wie viel Spannung sie auf eine Antwort wartete.

Welche Frau könnte das Eintreffen seines „Billet-doux" vergessen? Wie ihr Herz wild pochte, ihre Finger zitterten, wie sie in einem stillen Winkel seine Worte las, dort, wo niemand sie beobachten oder keine lieblose Stimme sie unterbrechen konnte, wenn sie erblühte und sich seinen Liebesworten hingab.

Sie hat ihm damals ihre Liebe offenbart, ihre Augen haben dabei geleuchtet, ihre Lippen Worte geformt, ihr Herz war erfüllt von ihm, und ihre Feder teilt es mit.

Aber ...

Mit einmal sieht diese Liebe ihrem Ende entgegen. Und sie schreibt: *Ich spende keinen Trost.*

DENN ICH SPENDE KEINEN TROST

Das Ende einer Liebe

In den nächsten Tagen werde ich mir entweder eine Kugel durch den Kopf jagen oder mir etwas antun, was mich noch mehr zerstört als der Tod. Auf jeden Fall werde ich jemand ganz anderes sein.

Ich weigere mich, mich um meine Sterbebett-Szene bringen zu lassen.

Ich verstehe nicht, warum er mich vor drei Monaten gewollt hat und mich jetzt nicht mehr will. Ich wünschte, ich wüsste, wieso das so ist. Es ist etwas, was ich nicht verstehen kann, etwas, was ich verabscheue. Und das Schlimmste daran ist, dass ich wütend werde, wenn ich ihn verabscheue, weil er zwischen mir und dem Frieden steht. Natürlich hat er recht, wenn er sagt, ich habe ihm nichts zu geben. Er hat nur eine Leidenschaft für Ekstase und Trost. Er will keine weitere Aufregung mehr, und ich spende den Menschen keinen Trost.

Mir war immer bewusst, dass er mich eines Tages tödlich verletzen würde, doch ich hoffte, Zeit und Ort bestimmen zu können. Ohne es zu merken, war er mir gegenüber immer feindselig gewesen, und ich habe versucht, ihn zu beschwichtigen, indem ich meine Liebe zu ihm gewaltsam weggestoßen und sie zurechtgestutzt habe auf das kleine Bisschen, das alles war, was er wollte.

Ich weiß nicht mehr ein und aus, wenn ich auf Feindseligkeit treffe, weil ich lieben und so gut wie nichts anderes tun kann. Ich war für ihn die falsche Art Person, um sich damit abzugeben. Er will eine Welt, wo die Menschen durcheinanderpurzeln wie Welpen, Leute, mit denen er Streitgespräche führen kann, mit denen er spielen kann, Leute, die wütend werden und schmerzen, statt sich zu entflammen. Er kann sich nicht vorstellen, dass die Demütigung eines emotionalen Fehlschlages eine Person so sehr aufbringt, dass sie danach zweimal versucht, sich das Leben zu nehmen; das erscheint ihm dumm. Ich kann mir keine Person vorstellen, die um einen brennenden Scheiterhaufen herumrennt, obwohl sie eine Abneigung gegen Flammen hegt. Das erscheint mir dumm.

Er hat mich buchstäblich zerstört. Ich bin bis auf die Grundmauern abgebrannt. Vielleicht kann ich mich wieder aufbauen, vielleicht nicht. Er sagt, Besessenheit sei heilbar. Doch Menschen wie ich schwingen sich von einer Leidenschaft zur nächsten, und wenn sie danebengreifen, zerschmettern sie, wo es keine Leidenschaft gibt, nur die leeren Bretter der Bühne.

Er hat das Äußerste für mich getan. Er weiß das. Deshalb versucht er, sich selbst davon zu überzeugen, dass ich eine ungehobelte, gestrauchelte Kreatur ohne Rückgrat bin und es deshalb keine Rolle spielt. Wenn er sagte, du redest Blödsinn oder mach dies oder das doch mit einer gewissen Portion Vergnügen, dann hat er geglaubt, mich wirklich dabei ertappt zu haben. Ich weiß, dass es ihm Genugtuung bereiten wird, mich als eine unausgeglichene junge Frau zu sehen, die mit einer unnötigen Herzattacke in seiner Wohnung umherflattert.

Das ist eine feinsinnige Schmeichelei. Ich hasse ihn, wenn er versucht, mich herabzusetzen, oder die Nase rümpft über die Dinge, die ich ehrlich und rein getan habe. Das hat er schon einmal gemacht, als er mit mir sprach von seinem – sehr viel wertvolleren, als er glaubt – Selbst. Das weckt bei mir den Eindruck, dass ich eine Zeit mit einem anderen Mann verbracht habe. Wohingegen ich ihm nur gesagt habe, dass ich ihn liebe.

Er hat es wieder getan, als er sagte, dass das, was ich wollte, anständiger Spaß sei, und dass ich mich nicht gerade verderben, aber doch anregen ließe von Leuten, die in einer hässlichen Weise über Dinge sprechen, die wirklich schön sind. Das zu sagen war abscheulich. Es gab eine Zeit, in der er meine Bereitschaft, ihn zu lieben, als etwas Schönes und Mutiges empfunden hat. Ich denke, das war es auch. Seine Liebesunfähigkeit gibt ihm das Gefühl, eine Frau, die verzweifelt und hoffnungslos in einem Mann verliebt ist, sei unanständig. Soweit mir bekannt ist, habe ich nichts getan, was ein solches Verhalten rechtfertigt.

Nach drei Monaten bin ich nicht mehr die Seine.

Denn ich spende keinen Trost …

SYNONYM FÜR DIE EHE

Sie lieben echte Emotionen, die kleinen Momente des Wahnsinns und der Gedankenlosigkeit, und die Menschen wie den Duft der Einfachheit.

Warum müssen Rentner ihre Geldbörse immer dann nach Kleingeld durchwühlen, wenn an der Supermarktkasse eine riesige Schlange hinter ihnen steht? Warum planen sie einen Besuch auf dem Wochenmarkt und parken ihren Wagen nicht vorschriftsgemäß in einer Parklücke? Wenn Rentner es nach ihren Einkäufen eilig haben, können furchtbare Dinge geschehen. Zum Beispiel können sie beim Ausparken die Kontrolle über ihr Fahrzeug verlieren und in die Menge am Gemüsestand fahren, vor lauter Schreck danach Vollgas geben und vorwärts auf das Marktgelände rasen – durch eine Gasse, die von insgesamt sieben Marktständen am Ende des Platzes gebildet wird. Dann geraten sie hinter dem Steuer völlig außer Kontrolle, sie rasen völlig konfus weiter und rammen mit ihrem Wagen mehrere Stände. Ihre Amokfahrt endet damit, dass sie frontal in einen Bäckereiwagen fahren, in dem eine

Mitarbeiterin gerade mehrere Kunden bedient. Brote und Kuchen schleudern durch den Verkaufsanhänger.

Nein, das glaube ich nicht, werden Sie jetzt sagen. Glauben Sie es ruhig. Ist vor einem Jahr in meinem Städtchen geschehen und Gabis Ehemann saß damals am Steuer. Seien Sie also auf der Hut. Der Besuch des Wochenmarktes steht in jeder Rentneragenda.

Während Gabi über den Markt geht, macht es sich ihr Mann im Sessel vor dem Fernseher bequem. Seit dem Desaster vor einem Jahr meidet er den Wochenmarkt. Außerdem kann er dann ohne Störung und nach Herzenslust durch die Sportkanäle zappen, Sudoku-Rätsel lösen oder den Terminplan der Müllentsorgung aktualisieren. Der Dienstag wird gelb markiert, gelb steht für die gelbe Tonne, am Mittwoch trägt er das G für die graue ein und den Freitag ziert ein grünes T für Gartenabfälle.

Früher hat er vor dem Abtransport hin und wieder einen Blick in die Tonne geworfen, da seine Frau die Mülltrennung nur bedingt beherrscht. Doch irgendwann wurde es ihm zu viel. Heute seufzt er nur über sein Mädchen. Da macht er es sich lieber auf dem Sofa gemütlich, denn ein Blick in die Mülltonne bekommt seiner Linksherzinsuffizienz überhaupt nicht.

„Sportsendungen sind auch anregend, Schatz", sagt er und zwinkert seiner Frau zu, als sie das Haus verlässt. Er lässt sie gerne gehen, denn Gabi wird mit Sorgfalt wieder eine wohlriechende Körperlotion aus der ortsansässigen Parfümerie mitbringen. Schließlich könne sie in der Nacht einen Herzinfarkt bekommen, aber dann würde sie dabei wenigstens gut riechen, hat sie einmal gesagt. Er jedenfalls liebte es, nachts neben seiner warmen, duftenden Herzensdame zu liegen.

Am Liebsten sucht Gabis Ehemann nach Synonyme für die Ehe und seine Liste wird immer länger: weiterhin hörbar, kein Sternehotel, Vorhängeschloss, Heiterkeit, Nervensache, Möbelgemeinschaft, Wissenschaft, scharfe Zähne, Medalliance, ineinandergreifende Diktatur, Fertigprodukt, konzentrierter Umgang,

Zweikampf, Prosaübersetzung, Geheimnis, Thermometer der Moralität, Freiheitsberaubung, Winter, doppelte Last, hellsichtig, Ziehknoten, Konservierungsmittel für die Liebe und der Höhepunkt der Zivilisation: Liebe, Feng-Shui, Lotusblüte.

Aber am Abend lockt der Duft einer neuen Körperlotion den Ehemann von Bier und Korn und Sportschau weg ins Ehebettchen.

Liebe geht eben nicht nur durch den Magen.

Was will man mehr.

Und Gabi ...?

Sie braucht nicht viel, sagt sie, nur:

Kirschen aus Nachbars Garten.

Den Knopf, der verhindert, dass ihr der Kragen platzt.

Den Schwimmgürtel auf dem Strom des Lebens.

Die Kraft eines Elefanten.

Klee für den Lotto-Jackpot.

Die Fähigkeit, heiter zu bleiben, wenn es ernst wird.

Die Lust zu lachen, wenn ihr zum Heulen ist.

Den Schutzpatron der Vergesslichen: Dings!

Den Ehemann und ... Schokolade

ALL INCLUSIVE

Billigurlaub in „All-inclusive"-Atmosphäre kann auch im Frühling durchaus den Horizont erweitern, insbesondere, wenn der „Weitblick" am Pool auf voluminöse Körperwelten gelenkt wird.

Im Speisesaal fragt Jo sich, warum Fettinhaber ihre Massen unbedingt schon frühmorgens unverhüllt der Öffentlichkeit präsentieren müssen. Statt der Bitte auf dem dezenten Kleiderordnungshinweisschild Folge zu leisten, betreten unverhüllte Schlabberarme und großzügige Walküren-Dekolletees in Begleitung tätowierter Plauzenbataillone den Frühstücksraum und kämpfen am Durchlauftoaster um jede Scheibe Weißbrot. Vor der Rührei- und Omelett-Mamsell treffen sie auf Jo und sehen sie voller Mitleid an.

Ja! Guckt nur. Ich weiß, dass an mir weniger Fett ist als an einer Haarnadel, denkt Jo.

Nach dem Frühstück sucht Jo ein schattiges Plätzchen am Pool mit Blick aufs Meer und wird fündig. Sie wollte zwar einen Billigbildungsurlaub am Strand mit Herzschmerz-Lektüre, aber es gab keinen Strand in unmittelbarer Nähe.

Jo vertieft sich in ein Liebesdrama und blickt auf, als sie ein Geräusch hört. Great Britain macht es sich auf der Sonnenliege Marke XXXL bequem: weibliche Butterberge, die unter den Achselhöhlen anfangen, und Hinterteile, die in keine Korbsessel passen: Körperfülle jenseits von Kleidergröße 60. Es gibt aber auch Dinge beim Mann, die sich im Lauf der Zeit leider verlieren, denkt Jo beim Anblick des anderen Geschlechts. Mann wächst an der falschen Stelle. Auf den Liegen aalen sich jene, die sich nicht fragen, welcher Bauch-Typ sie sind und wie sie ihre Vorderseite um einige Zentimeter reduzieren könnten.

Tom hat schon immer behauptet, dass sich im Sommer die Bayreuther Walküren auf die Balearen verlagern, geht es Jo durch den Kopf. Wagner spielt hier aber nicht die erste Geige, sondern Dieter Bohlens ehemalige DSDS-Kandidaten, die am Pool ihre Liedchen trällern. Auch hat Jo nicht damit gerechnet, dass All-inclusive-Briten um die Mittagszeit nach reichlich Sangria, Whisky und Bier schattige Plätzchen aufsuchen, um dort lauthals God shave the Queen zu singen. Die Hymne wird abrupt abgelöst von „Oh my dear!", sobald die Liegen den Massen nicht mehr standhalten und zusammenkrachen.

Jo starrt die Inselnachbarn mit offenem Mund an und ein fliegendes Etwas verirrt sich in ihren Gaumen. Sie bekommt eine Hustenattacke. Halb England steht auf und eilt herbei. Große Hände klopfen Jo auf den Rücken, bis das „Ufo" wieder Rachen und Mundhöhle verlässt und summ-summ in Freiheit davonfliegt. Danach reicht man Jo Bier und Whisky – zum Desinfizieren. Eine Stunde später singt auch sie God shave the Queen.

Billigbildungsurlaub ist gar nicht so schlecht. Er kann einem das Leben retten.

Jos Gesang ließ einen sympathischen Hotelgast von seiner Lektüre aufblicken. Er wurde ihr Herzblatt und ist heute mit Jo verheiratet.

WER HAT SCHON FALTEN AM KNIE?

Sie ist eine Waage – und Witwe. Sie liebt Schnäppchen und Spekulatius. Meistens geht sie mit feuchtem Hundeblick an den Läden in der Innenstadt vorbei und … durchs Leben.

In ihre Sternenkonstellation verbergen sich viele Monde: Söhne, Enkelkinder, die Eltern, Schwester, Freundinnen, der Golfclub, sowie ein Ex-Freund. Sie betreibt aufgrund dieser Konstellation nebenbei ein Institut für kostenlose Telefonseelsorge, was jeder gern in Anspruch nimmt, mal mehr, mal weniger. Auch sie ist auch eine Dienerin – besonders im Urlaub. Dort ist sie das Mädchen für alles – ohne Trinkgeldanspruch. Das beginnt bereits am Flughafen. Sie ist der Packesel und kümmert sich um das Gepäck ihrer Freunde. Am Pool reserviert sie morgens um fünf Uhr die Liegen, schleppt die Auflagen herbei und besorgt für ihre Freunde diverse Drogen gegen den morgendlichen Kater aus der Apotheke.

Männer: hm …
Sie liebt die Beständigkeit. Über die Anzahl ihrer Männer redet sie deshalb wohl besser nicht.

Rituale: viele!

Nach dem Aufstehen verschwindet sie ins Badezimmer, schaltet dort ihr Handy ein und liest wichtige Nachrichten. Dann wäscht sie sich das Haar, duscht, trägt eine Joghurtmaske auf und versieht ihre Mähne mit diversen Rundbürsten. Anschließend kocht sie Kaffee, deckt den Tisch, geht an den Kühlschrank und krönt ihre Joghurtmaske mit einigen Gurken. Irgendetwas davon gelangt immer ins Auge.

Mit diesem morgendlichen Outfit weckt sie den Rest der Familie, die beim Schmatzer in den Genuss von Joghurt oder einer Gurke kommen. Vorsicht! Joghurt und Gurken sind wahre Übeltäter, wenn sie ins Auge gelangen. Oder wollen Sie auch mit feuchten Hundeaugen durch die Stadt rennen?

Dann ertönt die Stimme ihrer Regierung: Ihre Mutter steht im Treppenhaus, um der Tochter unmissverständlich klarzumachen, dass es Zeit wird, ihr auch das Haar zu wickeln. Sie gehorcht – sofort. Gurken schmücken wenig später das Treppenhaus.

Vorsicht Mitbewohner! Rutschgefahr!

Auftritte

Ihre Auftritte in der Öffentlichkeit sind filmreif, behaupten ihre Freunde. Sie braucht den Auftritt. Mit Zeigefinger diskutierend oder flirtend, sms-ig berauscht oder mit Dackelblick durch die Stadt rasend, weil in einem Café mal wieder die verschmähte Liebe wartet, mit dem sie gerne Katz und Maus spielt.

Aber er lässt nicht locker. „Freund-Sein" reicht ihm nicht. Gibt es die ersten Anzeichen eines Tête-à-Têtes, dann flüchtet sie ins Fitnessstudio oder in anderen Alibifluchtburgen. Kaffeeklatsch mit dem Ex, endet damit – sobald er eine Nahkampfattacke startet –, dass sie ins Nagelstudio flüchtet statt mit ihm ins nächste Hotel.

„Vielleicht läufst du ja im Fitnessstudio auf deinen Händen, so oft bröckelt dein Nagelgel", lästert er dann und verzieht sich.

(Im Fitnessstudio läuft sie um ihr Leben)

Doch sie kann nicht mit, aber auch nicht ohne den Ex, er ist ihr Freund und manchmal wird sie vom Erinnerungsblues geküsst. Sein Hüftschwung lässt ihre Nasenflügel noch immer rebellieren.

„Du solltest dir ein neues Herzblatt suchen, dann vibrieren gewiss nicht nur deine Nasenflügel", lautet das Motto ihrer besten Freundin.

Leidenschaften

Sie ist eine leidenschaftliche Schnäppchenjägerin. Ein Schnäppchen wird durch das anderes ersetzt, Verkäuferinnen und Abteilungsleiter genervt. Aufgrund ihres Jobs kommt ich viel herum. Da spielt es keine Rolle, ob in Düsseldorf oder Köln nach Schnäppchen gejagt wird. Doch umgetauscht wird immer im Heimatort. Tradition muss sein.

Manchmal wird zwischen zwei Einkaufsorgien der eine oder andere Rat über die ästhetische Kunst eingeholt. Auch sie wird älter. Zurzeit vermarktet ihre Firma Hyaluronsäure, die ihre Freundinnen gerne hätten, um ihre Falten unterspritzen zu lassen. Aber ihr Wundermittel ist fürs Knie bestimmt.

Leute, mal ehrlich. Wer hat schon Falten am Knie?

KURORT-IMPRESSIONEN

Novemberblues

Zwei Damen lugen auf der Terrasse des Hotels „Der röhrende Hirsch" bedeutungsvoll über den Rand ihrer Designer-Sonnenbrillen. Sie wenden sich nur zum Schein den ersten Sonnenstrahlen des Spätherbstes zu.

Sie könnten ihr Dasein als angenehm bezeichnen, ihre Verdauung ist in Ordnung, wäre da nicht dieses ständige Frieren. Ein wärmender Ehemann fehlt, er glänzt durch Abwesenheit. Der Fremdenverkehr macht die Betten leer bei den Landeskindern, hat schon Eugen Roth gesagt. Die Wechseljahre machen den Damen zu schaffen, der Hormonspiegel schwankt. Das Altern ist auch schwerer geworden. Der Einsamkeit zu entfliehen, gelingt ihnen nicht immer, jedoch immer in Oberstaufen.

Sie haben sich auf den dortigen Aufenthalt vorbildlich vorbereitet. Ihre Lippen gleichen mächtigen Schlauchbooten, die Augen wurden von einem Streichholzoperateur auseinandergerissen. Doch ihre Möpse erst: Die hadern mit der Schwerkraft. Die Damen sind zufrieden mit ihrem Aussehen, schließlich haben sie vorher auch nicht besser ausgesehen. Für den Frühschoppen in der „Enzianhütte" reicht es allemal. Denn die Luxus-Fahrzeuge, die dort jeden Sonntag mit heulendem Motor und Aufmerksamkeit heischenden Kaiserhupen vorbeifahren, sind auch nur beim ortsansässigen Autohändler für einige Baggerstündchen ausgeliehen. Jetzt gilt: Tanzen in der „Enzianhütte" mit aufgeschwemmten Plauzen.

Cartier schubst Dior an. Zwei brauchbare Kandidaten kommen auf sie zu, den Maserati-Schlüssel am Zeigefinger kreisend. Wenig später werden sie umgarnt von zwei der Schrothkur nicht abgeneigten Herren, mit dem ach so lasziven Blick kurenden Ehemännern und ihren noch schlüpfrigeren Gedanken, nach dem Motto: Was soll's?

Gewaltig baggernd flüstern die Herren den Damen heiße Worte ins Ohr, wohl wissend, dass diese danach lechzen. Ihre Designerbrillen halten ihrem lauten Lachen nicht stand. Während sie mit ihren mit zwei und drei Karat geschmückten Händen Cartier und Dior wieder in die richtige Position bringen, prägen ihre verknitterten, enttäuschten Gesichter einen Herbsttag, der ihnen mal wieder die Illusion von Respekt nehmen wird.

Denn innerlich hüten sie sich vor jenen, die ihnen weismachen wollen, ein erfüllter Sonntag sei nur eine Frage von Körperkontakt in der Hotelsuite.

Sie sträuben sich – noch …

Die Herren, konfrontiert mit einer ihnen bekannten Problematik, mustern verstohlen die soeben eingetroffenen Damen vom Typ „Willnochmehr", während sie den beiden neben sich am Ohr knabbern und forschend abwärts zu Leibe rücken.

Vielleicht bringt der kommende Herbsttag Hoffnung auf das wahre Glück.

DAS KLEINE 1 X 1 DER NIEDER-LÄNDER

Holly Landers Ansichten

Heute hat sich Holly Lander in die neue SPIEGEL-Beilage vertieft: *Menüführung – die fünf wichtigsten Küchentrends des Jahres 2020.*

Ihr Fazit zum Artikel: langweilig, anmaßend und wie immer humorlos. Der deutsche Gourmetkoch macht nach den Feiertagen eine Vitalkur und entgiftet, dazu liest er ein Buch über den Leibkoch von Donald Trump. Die Erwähnung dieses Namens ist allein schon ein Affront gegen die Menschheit.

Manche Redaktionen wissen um Silvester nicht, worüber sie schreiben sollen. Dabei lieber Themen wie: „Fotografieren im Restaurant ist so erbärmlich wie ein Porno, in dem nicht gevögelt wird." Oder: „Cooking Catastrophes", „Zivilisiert trinken", was so viel heißen soll wie: so wenig Zucker wie möglich und so viel Chinin wie sinnvoll.

Es gibt sinnvollere Themen. Warum schreiben sie nicht über den „Allesfresser" – was kann man essen? Das ganze Tier?" Oder über „Die Neo-Vegetarier" – vom modischen Luxus der Fleischlosigkeit. „Die Rehklamation" wäre auch nicht schlecht. Gute Menschen schätzen Wild als Fleisch von glücklichen Tieren.

Da nehmen die Niederländer das Leben doch leichter. Immer wenn es gesellig werden soll, holt der Holländer die Fritteuse aus dem Schrank: Frühlingsröllchen, Bami- und Nassiballetje, Loempias, dicke Kroketten, Frikandellen und Bitterballetjes – dazu den alten Jenever oder ein Borreltje. Sylvester ist zum Beispiel ein Borreltje-Abend.

Wenn Niederländisch eingeladen wird, reicht der Holländer ihnen nicht die Hand, wenn sie sein Haus betreten. Er schaut ihnen direkt, fast schamlos in die Augen und denkt nicht im Traum daran, seine Nationalität zu verstecken, und schon gar nicht hinter so einer hypermodernen schmalen Brille, die wie – Deutsche aus unerfindlichen Gründen meinen – dem Träger ein kosmopolitisches und daher undeutsches Flair verleiht. Beim Holländer muss alles praktisch sein, selbst das Brillengestell.

Der Holländer küsst bei der Begrüßung, macht Holly Lander auch: links und rechts, in den Händen hält sie dabei vermutlich eine Schüssel Fritten. Wenn die Gäste eingetrudelt sind, reicht der Holländer folgende Häppchen:

Frikandel: Was hier drin ist, weiß keiner so genau und es will auch keiner wissen. Aus gutem Grund. Es ist irgendeine Mischung aus Kuheutern und Kalbsgedärmen, angereichert mit feingeraspelten Schweineohren, naturidentischen, EU-geprüften Aromastoffen und Geschmacksverstärkern. Das wird dann in einer Fabrik zu den langen, viereckigen Stäbchen gepresst, die die Niederländer so unglaublich glücklich machen. 600 Millionen Frikandellen essen die Niederländer pro Jahr, nicht ohne sie zuvor in Ketchup und Mayonnaise zu ertränken. Holly hat sich bis heute nicht mit ihnen anfreunden können.

Kaassoufflés: Kleine viereckige Teigpäckchen, die mit einer entfernt, nach Käse schmeckenden Paste, gefüllt sind und mit einem Soufflé so viel gemein haben wie der Papst mit Brad Pitt. Aber *lekker* sind sie!

Lekker: Lieblingswort der Niederländer.

Bitterballen: Klein sind sie (und werden daher Bitter-balletjes genannt), niedlich rund und natürlich frittiert. Sie schmecken aber alles andere als bitter und heißen auch nur deswegen so, weil man sie früher zu einem Gläschen Kräuterbitter aß. Steckt man sie in den Mund, teilt sich das Kalbfleischragout in zwei Hälften – eine davon fällt garantiert auf den Teller oder auf den Boden.

Shit, sagt Holly Lander dann. Ein Schimpfwort aus der Kategorie „muss". Holländer lieben Schimpfwörter, insbesondere wenn es um geschlechtsspezifische Merkmale geht.

Sorry heißt nicht Entschuldigung, sondern so viel wie „dumm gelaufen".

Zu den hapjes (Häppchen) aus der holländischen Fritteuse gibt es das niederländische Brot: Es hat die verblüffende Eigenschaft, dass man es zwischen zwei Fingern so zusammendrücken kann, dass das 50 Zentimeter lange Brot auf zwei Zentimeter schrumpft. Aber es schmeckt und macht glücklich.

FREUND ODER …

Lieblingsmensch

Jeder kennt mich. Auch Sie sind mir gewiss schon begegnet. Irgendwann. Schließlich bin ich alterslos. Man nennt mich Freundschaft. Ich nehme viele Gestalten an, schließlich bin ich wandlungsfähig. Ich bin zum Beispiel die nette ältere Dame von nebenan, die jeder mag, mit der jedermann sich gern unterhält. Die deshalb so viel weiß über Ihre Nachbarn, Ihre Freunde und Bekannten und … über Sie. Aber dieses Wissen behalte ich für mich, schließlich bin ich Ihr Freund. Unser auf gegenseitiger Zuneigung beruhendes Verhältnis zeichnet sich durch Sympathie, Diskretion und Vertrauen aus.

Bereits in der Antike habe ich eine große Rolle gespielt. Es gab damals drei Motive, um mich in Anspruch zu nehmen: Freundschaft um des Wesens willen, des Nutzens willen und der Lust willen. Ich bin eine eigenständige Sozialbeziehung für euch da draußen, höchst notwendig und nicht mit anderen Bindungen identisch.

Ich vertreibe den Frust, der mir in der Regel in weiblicher Form über den Weg läuft. Oder kommt mir das nur so vor? Achten sie mal auf Folgendes: Frau Frust – bei näherem Betrachten sehe ich, dass sie ihre abrasierten Augenbrauen mit einem Kajalstift bogenförmig nachgezogen hat. Ich verstehe. Sie wird ihr Leben lang erstaunt aussehen mit diesem Rundbogen. Still mustere ich sie. Heruntergezogene Mundwinkel, Daunenjacke, Clarks. Die Haut naturbelassen, kein Make-up, kein Lippenstift, keine Wimperntusche. Kurzhaarschnitt, ausrasierter Nacken, no Sex! Haare mausgrau. Mein Rat: Prosecco entkorken und sich die gute Laune nicht nehmen lassen. Beschert Frau Frust Sie mit einem Naserümpfen – der Rundbogen nimmt dabei die Form einer Kirchturmspitze an, dann lächeln Sie und stoßen mit ihren Freunden an, nachdem der Frust sich verabschiedet hat.

In der Regel trete ich als Mittachtzigerin auf. Ich bin unkompliziert, immer gut gelaunt, charakterlich in Topform, eben ein Darling, mit nur einem einzigen Fehler: Ich bin ständig auf der Suche nach einer neuen Lachfalte. Sobald ich eine Freundschaft gekittet habe, suche ich einen Orthopäden auf. Danach steigt mein Verbrauch an Vitamin D und Calcium immens. Schließlich wünsche ich mir irgendwann einmal mit schweren Knochen unter einem Rosenbeet zu ruhen.

Aristoteles hat die verschiedenen Arten von Freundschaft kategorisiert. Die Nutzenfreundschaft führt die Menschen nur zu einem Zweck zusammen. Fällt dieser Zweck weg, ist die Freundschaft fort. Zum Beispiel: No money – no friend. Ähnliches gilt für die rein emotionale Lustfreundschaft. Fällt die Zuneigung, verabschiedet sich der Freund. So einfach ist das.

Freundschaft üben wir im täglichen Miteinander. Besuchen Sie Ihren Freund, nehmen Sie Teil an seinem Leben.

Die Menschen im Mittelalter glaubten, dass sich unsere Welt aus vielen Elementen zusammensetzt. Eines dieser Elemente, das Wasser war damals nicht nur Quell des Lebens, sondern auch Quell zahlreicher Freuden, wie die Besucher mittelalterlicher Badehäuser jederzeit bestätigen würden. Sie hatten die Wahl: aus Freude seine Angetraute mit Wasser zu übergießen oder verzweifelt auf Aalfang zu gehen …

STOLZ IST DIE NACHT

Stolz ist die Nacht,
wenn die letzten Ängste fallen,
und die Seele sich ins Abenteuer wirft.
Sie schweigt in deinem Schoß,
wird ins Blut aufgenommen,
dreht sich schließlich zu Gott.
Und du betest, dass er
dein Schweigen nicht hört,
und am Überschwang festhält,
selbst innerhalb der Mauern.

WORTE IN DER NACHT

Amor und Psyche

Aufgestanden in den frühen Morgenstunden – es ist immerhin erst 3.30 Uhr – um den Kopfschmerz durch einen verkorkten Wein mit zwei Aspirin zu betäuben, haben die Menschen plötzlich an ihre Freunde gedacht und das Bedürfnis verspürt, ihnen diese Zeilen zu schreiben.

Es stimmt sie traurig, wenn sie sehen, wie es um Amor steht, dessen Partnerin Psyche auch nicht in allerbester Verfassung ist. Beide werden mit Unruhe und Rastlosigkeit konfrontiert und sehen in den Spiegel der Stille.

Wir haben den Eindruck, dass die Freunde sich voneinander entfernen und dass sie das Geschehen verdrängen. Sie haben sich ein Nest aufgebaut, in dem die Demenz der Liebe gelebt wird, ein Nest, das für Außenstehende nicht zugänglich ist. Aber wie lange hält man dem stand? Einsamkeit, Isolation und Schweigen werden irgendwann zwangsläufig Bestandteil ihrer Beziehung sein. Ob der Partner dann erkennt, dass diese Stille unerträglich werden kann?

Es bedrückt uns, in dieser schwierigen Phase nur Zaungäste sein zu können. Wir sind uns bewusst, dass die „Präsenz" eines Freundes für Amor und Psyche manchmal belastend sein kann, denn wir können den beiden unsere Sorge nicht erklären. Sie könnte womöglich falsch verstanden werden. Und unsere Hilfe kann aufgrund der Entfernung, der seltenen Momente der Begegnung nur darin bestehen zu sagen, dass wir für sie da sind und dass wir sie lieben.

Die Sichtweise von außen ist in der Regel eine objektivere. Nur wollen Amor und Psyche das nicht unbedingt wissen. Aber wir nehmen nun mal deutlicher den Verlauf der Demenz der Liebe wahr, obwohl wir nur Zaungäste sind. Amor und Psyche haben es nicht leicht, denn sie leben mit dem Zustand des Vergessens seinen katastrophalen Folgen, besonders in der Nacht. Manchmal reagieren unsere Freunde auf einen Rat mit Einsicht, weil es ungeheure Kraft kostet, die Wahrheit mit ihren vielen Gesichtern zu verbergen. Doch welche Wahrheit?

Zu oft haben die beiden in der Vergangenheit schützend die Hand vors Gesicht gelegt, eine Geste, die indirekt vor unrealistischen Erwartungen und Hoffnungen warnt, und die Augen vor den Tatsachen verschließt.

Die Wahrheit ist für Amor und Psyche oft eine Lüge, die Lüge eine unergründliche Wahrheit. Sie beide, aber auch wir kennen viele Einzelheiten, aber wir geben sie nicht preis.

Vielleicht ergibt sich irgendwann die Möglichkeit, die beiden aus der Krise und der Isolation herauszuholen. Wir sind uns bewusst, dass euch das Kraft kostet, weil es euch nicht gut geht. Ihr überhört die leisen Töne der Erschöpfung in euren Stimmen.

Wir konzentrieren uns auf die Liebe und versuchen sie Euch zurückzubringen. Wozu sonst sind Freunde da?

ÜBRIGENS SCHOKOLADE ...

„Das Leben ist wie Schokolade, die man Stück für Stück genießen und sich langsam auf der Zunge zergehen lassen soll."

Dazu fällt mir doch folgendes ein...
Schokolade ist ein Gemüse!
Schokolade wird aus den Bohnen des Kakaostrauchs gewonnen. Bohnen sind Gemüse. Zucker wird aus Zuckerrüben gewonnen. Beides gehört also in die Kategorie Gemüse. Also ist Schokolade ein Gemüse.
Um einen Schritt weiterzugehen – Schokoladeriegel enthalten auch Milch, also sind Schokoladeriegel gut für die Gesundheit. Rosinen, Kirschen, Orangenschalen und Erdbeeren umhüllt von Schokolade, zählen zu den Früchten, also essen Sie davon so viel Sie Lust haben.
Schokolade ist gut gegen Stress. Bedenken Sie, dass STRESSED umgekehrt gelesen DESSERTS heißt.
Und hier noch einige Tipps:
Wenn es draußen so richtig warm ist und die Temperatur im Auto der einer finnischen Sauna entspricht, essen Sie bitte die Schokolade bereits auf dem Supermarktparkplatz. Sie kommen danach gutgelaunt zuhause an.
Und ...
Schokolade enthält Antioxidantien, die schnelles Altern verhindern, d.h. dass Schokolade Dich jünger macht. Auf den Beautywerwolf können Sie dann verzichten.

AUTORIN

Astrid Korten ist den meisten ihrer Leserinnen und Leser vor allem als Thriller-Autorin bekannt. In diesem Buch, das gleichzeitig eine Liebeserklärung an ihren Wohnort Essen-Kettwig ist, zeigt sie sich von einer anderen Seite: kabarettistisch und romantisch, satirisch und philosophisch kommen ihre Geschichten und Gedichte über Liebe, Freundschaft und den ganz alltäglichen Wahnsinn daher.

Auszeichnungen und Nominierung:

2016: Stefko, From Sarah with love: Halbfinale der Int. Writemovies Contest, Los Angeles.

2015: Sibirien – Die aus dem Eis erwachen: Finale der Int. WMC, Los Angeles.

2019: Die Träne – Finale Int. WMC, Los Angeles.

Ihre Thriller erreichten alle die Bestsellerlisten e-Books. Die Autorin ist Mitglied im Syndikat, Mörderische Schwestern e.V. und BvjA. In ihrer Freizeit spielt sie Tenor-Saxofon und malt Öl auf Leinen.

Mehr über die Autorin:

Website: www.astrid-korten.com

Facebook: www.facebook.com/Astrid Korten

ASTRID
KORTEN

BESTSELLER

POPPY

PSYCHOTHRILLER

„Das ist unser neues Zuhause", sagt Mama.

„Poppy, du musst dich nie vor mir verstecken, weißt du das denn nicht?", sagt *er*.

„Der hat ein Gesicht wie eine Bowlingkugel", sagt Oma Becker.

„Euch klar ausdrücken, Leute, sagt einfach klar und deutlich, was ihr meint", sagt der Lehrer.

Hilfe, denkt Poppy.

Die sechsjährige Poppy lebt mit ihrer Mutter in einem heruntergekommenen Vorstadtviertel. Eines Tages ziehen sie in eine prachtvolle Villa zu dem neuen Mann ihrer Mutter.

Der neuer „Papa" erfüllt Poppy jeden Wunsch. Er sagt, er liebt sie, kann mit ihr Erwachsenengespräche führen, und überhäuft sie mit Geschenken.

Poppys Mutter ist glücklich. Sie kann sich endlich kaufen, was immer sie möchte.

Alles wäre gut, gäbe es da nicht die eine Sache ...

Erste Stimmen:

„Nachdem du Poppy gelesen hast, möchtest du das Mädchen nie wieder allein lassen."
Tim Robbins – Regisseur/Schauspieler

„Einer der stärksten und gewagtesten Romane dieses Jahres, der auf wahre Begebenheiten beruht. Diese Geschichte über Psychospiele, Missbrauch und Resilienz ist sowohl herzerwärmend als auch unerträglich, vital und außerordentlich beängstigend, und wird von seiner liebenswerten Heldin Poppy beflügelt." *WAZ*

„In Poppy – nach einer wahren Begebenheit – gibt Astrid Korten dem Mädchen Poppy eine Stimme, und mit ihrem leichten, aber messerscharfen Ton gelingt es ihr, das Unvorstellbare vorstellbar zu machen. Sie wirft Licht auf ein dunkles Thema und weiß, wie man mit Humor eine erschütternde Geschichte erzählt - eine großartige Leistung." *Stadtspiegel*